JN077147

東西学術研究所研究叢書第９号
日本文学研究班

日本古典文化の形成と受容

長谷部　剛　編著

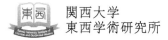

関西大学
東西学術研究所

はじめに

主幹　長谷部　剛

二〇一六年から二〇一八年の三年間、関西大学東西学術研究所において「日本文学研究班」を組織し、「日本古典文化の形成と受容」というテーマのもと研究活動を展開した。研究班は、長谷部剛を主幹とし、大島薫・関肇・髙橋美帆・増田周子・溝井裕一・山本登朗（五十音順）の六名が研究員として加わり、さらに本学名誉教授の関屋俊彦を客員研究員として迎え、そして若干名の非常勤研究員が加わった。

研究員それぞれのテーマは多岐にわたり、成果は多様性に富んでおり、これらについてはこの成果報告書の各篇を参照いただきたい。

そのなかで、本研究班において重要なことの一つに、関西大学東西学術研究所にエズラ・パウンド（Ezra Pound）研究の拠点を作ることがあった。パウンド（一八八五～一九七二、アメリカ）は、俳句の英詩化を試みるとともに、能に関心を抱いて謡曲を英訳した文学者である。パウンドこそ、E・F・フェノロサとの関係も含めて「近代欧米における日本古典文化の受容」というテーマに、さらには「東西学術研究所」の設置目的にも、最もふさわしい存在であると言える。本研究班はこのエズラ・パウンドに関して研究例会を催したほか、高橋美帆研究員を中心に、学外・海外の研究者と連携して共同研究を遂行した。そして、エズラ・パウンド研究は本研究班の研究活動終了後も、東西学術研究所において継続されている。

二〇二〇年三月吉日

関西大学東西学術研究所研究叢書
日本文学研究班

日本古典文化の形成と受容

目　次

文献資料の変転と伝来
――天理図書館蔵伝為家筆伊勢物語をめぐって――

山本登朗（とくろう）

一　本文と注記

鎌倉中期の伊勢物語写本である天理図書館蔵伝為家筆伊勢物語（以下「天理為家本」または「本書」と呼ぶ）は、巻末に「抑伊勢物語根源…」で始まる奥書が付され、そこに定家の名が記されていることなどから、山田清市氏（『伊勢物語の成立と伝本の研究』一九七二年・桜楓社）によって初期の定家本伊勢物語本文を伝えるものとされ、山田氏はこの天理為家本と、同じく鎌倉写本である国文学研究資料館蔵の鉄心斎文庫伝二条為氏筆本（以下「鉄心斎為氏本」と呼ぶ）を「根源本第二系統」と呼んで注目した。

天理為家本は『天理図書館善本叢書・伊勢物語諸本集一』（一九七三年・八木書店）に「伊勢物語　伝藤原為家

筆」の書名で影印が収められ、同書には片桐洋一氏による解題が付されている。その解題には天理為家本の伊勢物語本文についての詳細な調査結果が記されているが、この本には、武田本や天福本とほぼ共通するいわゆる定家勘物のほかに百を越える数多くの注記が記されていて、その中には興味深い内容も数多く含まれている。大津有一氏は『伊勢物語に就きての研究　補遺・索引・図録篇』（一九六一年・有精堂）で天理為家本について「こうした定家本の勘物といわれるもののほかに、種々の注記がある」としていくつかの例を挙げ、その後に「これはだれが加えたかわかっていない」と記しているが、片桐氏の解題にはこれらの注記についての言及は見られない。

実は、これらの注記のほとんどは、山田氏によって同じ「根源本第二系統」とされた鉄心斎為氏本にも、まったく同じように記されている。天理為家本には、これらの注記が本文と同時に書写されたことが明確にわかる部分も見られる（後述別稿参照）。さまざまな面で大きく形態を異にするこのふたつの鎌倉写本は、共通する祖本からそれぞれの経路を経て、伊勢物語本文と数多くの注記をともに伝えてきた伝本と考えられるのである。その詳細は別稿「鎌倉時代の伊勢物語享受—鉄心斎文庫本伝二条為氏筆伊勢物語の注記が語るもの—」『国文学研究資料館紀要　文学研究篇第四十五号』（二〇一九年三月）に述べているが、部分的にはさまざまな異同も見せる両本の注記を比較しつつ検討することによって、天理為家本の性格の一端をかいま見ることが可能である。

別稿にも述べたが、両本の注記を比較すると、鉄心斎為氏本の注記の方がより本来の形を残している場合が多いことが知られる。いま一例だけを挙げれば、

（鉄心斎為氏本、九八段「むかし大きをとゞと…」の注）

忠仁公良房、天安元年二月十九日任太政大臣五十五、同四月十九日従一位、二年十一月十七日摂政、清和践（祚）外祖五十六、貞観十三年四月十日内舎人二人左右近衛各六人為随身、帯状資人卅人、年官爵准三后。

藤原良房の略歴を述べたかなり長大な注記だが、実はこれは定家本勘物と考えられるものの一つで、武田本や天福本などの他の定家本にも見られるものである。ところが天理為家本の注記は「忠仁公良房」という人名の後にただ「伝略之」と記すだけで、「天安…」以下の部分をすべて省略している。鉄心斎為氏本の注記の方がより本来の形を残していると考えられる典型的な例だが、ここで天理為家本の注記は、定家本勘物を特に尊重することなく、「伝略之」として、その長大な部分を消去してしまっているのである。天理為家本の注記はこのように、時には同類注記の本来の姿から一歩進んで、新しい形へと踏み出しているように思われる。

さらに両本の注記の間には、次のような明確な異同が存在する。天理為家本の第四〇段に記された次の注記（影印六四、六五頁）は、鉄心斎為氏本には見えないのである。

・（第四〇段「しんじちに…」の注）

イ本、ま（こ）とに。

・（第四〇段段末の注）

イ本、女かへる人につけて〇、いつくまでをくりはしつと人とはばあかぬわかれのなみだがはまで、とあるをきゝて、おとこはたえいりにける。

片桐氏の解題では後者だけが指摘されているが、この二つの注記は、ともに「イ本」本文を示したものとして注目される。この「イ本」の本文を有しているのは、広本系と呼ばれる大島本、神宮文庫本、阿波国文庫旧蔵本などであって、そのうちの大島本（国立民族学博物館本）は、顕昭本とも呼ばれ、六条家とゆかりの深い本と考えられている（大津氏前掲書等）。

天理為家本の巻末には、大島本巻末の増補部とも共通する小式部内侍本の本文と思われるものが増補されていて早くから注目されてきた（池田亀鑑氏「伝為家筆伊勢物語」『国文学解釈と鑑賞』一九五六年一一月、福井貞助氏『伊勢物語生成論』一九六五年・有精堂出版等）が、その巻末の大量の増補部は、この第四〇段注記の「イ本」にあたる本の巻末に付載されていた小式部内侍本の本文等が、巻末に記されたものではないだろうか。第四〇段注記と巻末増補部は「イ本」との接触によって生じた一連のものであり、巻末の増補は、天理為家本の本来の伊勢物語本文になかった異本の本文、それも傍記の形では書き切れなかった異文その他が、一種の巻末注記として記されているのではないかと考えられる。鉄心斎為氏本には見られないこれらの要素は、天理為家本、ないしはその祖本に至って新しく加えられた、ある種の伊勢物語研究の成果、それも六条家由来の文献から学び取られた成果だったように思われるのである。

二　損傷と補修

以上、注記からみた天理為家本の性格について考えたが、ここで、この天理為家本の現在の姿と、原本調査によって確認される過去の損傷や補修の跡について述べておきたい。

片桐氏解題にも示されているように、本書は縦二二・六センチ、横一四・二センチの列帖装一帖。用紙は薄手の楮紙打紙の内曇紙で、全六括り。各括りの紙数は、第一括り八枚、第二括り九枚、第三括り八枚、第四括り九枚、第五括り九枚、第六括り九枚。第一括り冒頭の一丁は表紙に包み込まれているので、全一〇三丁。表紙は緑地に花唐草文の金襴、金銀で雲や笹を描く見返しとともに、補修時に補われたものである。表紙中央には布目紙に金銀泥で横雲を描く題簽が貼られ、「伊勢物語」と外題が記されている。

本書の料紙にはすべて、紙の表裏を剥がし、間に補修紙を入れて貼り合わせる、間剥ぎ（あいはぎ）による補修が施されている。本来の料紙は薄手の楮紙打紙だが、損傷した薄い料紙を補強するためか、間に入れられた補修紙はやや厚手で、そのために本書の綴じ目に近いノドの部分は、しばしば窮屈になっており、『天理図書館善本叢書』の影印でも、その事情を確認することができる。

間剥ぎによる補修が必要になった本書の損傷については、まず虫食いが考えられる。もちろん補修以前の虫食いはすべて補修紙によって修復されているのだが、本書には実はそれほどおびただしい虫食い跡は見られない。それよりも本書については、次のような状況が注目される。

まず注意されるのは、第一括り〜第六括りの各括りそれぞれの冒頭と末尾の丁が激しく損傷しているという事実である。たとえば第一括りの第二紙右半に当たる遊紙の第一丁（影印五〜六頁）は、モノクロの影印でも次の第二丁と全く違った明るい色に見え、打ち曇りも見られないが、これはこの第二紙右半の本来の料紙が、おそらくは激しい損傷のために、文字のない遊紙部分であったこともあって放棄され、やや明るい色の無地鳥の子である補修紙だけが、そのまま料紙として用いられていることによる。一方、第一括りの末尾に近い第二紙左半（第一四丁、影印三一〜三二頁）は文字が記された部分であり、そちらは本来の料紙が補修紙によって補強され、そのまま使われている。もちろん補修紙は右半から左半にわたって同じひと続きの紙なので、このようなことも可能なのである。その第二紙左半や、右半が表紙に包み込まれていて見えない第一括りの第一紙左半（影印三三〜三四頁）について、特にノドの付近が激しく損傷して変色もしていることが、影印からも推測できる。同じような激しい損傷の跡は、第二括り第一紙右半（影印三五〜三六頁）や同じ紙の左半（影印六九〜七〇頁）にも同様に見られ、事情は、これ以降の各括りの冒頭と末尾のすべてに、ほぼ同様に指摘することができる。影印の写真は撮影の事情もあってノドの部分が少し切り取られ、折り目近くが見えなくなっているが、損傷は特にノドの部分、つまり折り目の部分で激しく、おそらくある時期、各括りの第一紙の多くは折り目部分でちぎれ、左右がつながらない状態だったのではないかと考えられる。

以上のような事実から推測されるのは、本書が、ある時期、それもかなり長い間、各括りごとに別々に分離した状態で放置され、そのために、各括りの外側の第一紙が損傷を受けたという事情である。

その外側の第一紙が損傷した原因は何だったのか。もちろんヤケ、つまり日焼けや汚れによる劣化もあったであろうし、また折り目近くが損傷していることから摩滅なども考えられるが、同時に注目されるのは、本書全体に見られる多数のシミ汚れ、中でも料紙下部に集中して見られる、横に広がったシミの跡（たとえば影印三四〜三五頁）である。これらは明らかに水損の跡である。本書はかつて、下部が水を吸い上げるような多湿な環境に置かれていたと推測される。各括りの一番外側の料紙、つまり第一紙の折り目の部分も、湿気に触れたことによって劣化し、激しく損傷したと考えられるのである。

以上、本書に見られる多量のシミや汚れや料紙の劣化等から、本書がある時期、各括りごとにばらばらになった状態で、きわめて湿度の高い環境にいわば放置され、それによってさまざまな損傷を受けたことが推測されるのである。

三　原表紙と新表紙

本書の冒頭、第一括り第一紙の右半は、前述のように表紙に包み込まれているが、一方の末尾、第六括り第一紙の左半は、裏表紙に包み込まれることなく、本書の最終丁（第一〇三丁、影印二〇九〜二一〇頁）となっている。そのオモテ面（影印二〇九頁）は、前述した第一括り第二紙右半と同じように、本来の料紙が廃棄されて間剥ぎの補修紙がそのまま露出しているが、ウラ面（影印二一〇頁）は、補修紙の上に他の料紙と異なった、薄い楮紙のような紙が貼り付けられていて、よく見るとそこには、金泥などで雲や桜の枝と花が薄く描かれている。その様子は、影印からもかすかに確認することができる。（上半部に漢字の「一」のような大きな形が見えるが、これは料紙のシミである。）表紙に包み込まれている冒頭第一括り第一紙の右半を、表紙の隙間から探ってみると、そこにも同様の絵が描かれていることがわかる。

これはおそらく、本書、天理為家本の原表紙ではないかと思われる。このウラ面には、さきに記した漢字の「一」のようなシミとは別に、中央部に縦長の大きな白っぽいシミが見えるが、同じシミは前丁ウラ面（影印二〇八頁）にも同様に見られる。これは、この原表紙が、本書が大きな損傷を受けていた期間にも本書の表紙として用いられていたことをうかがわせる痕跡ではないかと考えられる。この雲と桜花の文様は現状ではきわめて薄くなっているが、これが人為的に消された跡なのか、自然な摩滅の結果なのかは判然としない。

現在の豪華な金襴表紙と金泥を使った見返しは、冒頭ではこの原表紙を包み込み、末尾では原表紙の外側に付けられている。この改装の時期はもとよりさだかではないが、本書の料紙に間剥ぎ補修が施された時に、あわせて表紙も豪華なものに変えられたと考えるのが自然であろう。かつて過酷な環境の中にばらばらの状態で放置され、さまざまな損傷を受けて反故になりかねない状態にあったかとも考えられる本書は、この時点に至ってその価値を認められ、全面的な間剥ぎ補修を施されるとともに、豪華な表紙と見返しを加えられて、貴重な書物としての威儀を整えることになったと考えられるのである。

四　第六括りの落丁・脱落　その一

本書の本体にあたる伊勢物語本文は第五括り最終丁で終わり、第六括り第一紙右半（第八六丁）ウラ面から「抑伊勢物語根源…」で始まる奥書が記され、それは第三紙右半（第八八丁）オモテ面で終わっている。そのウラ面に「先年所書之本為人被借失／仍為備証本所校合／戸部尚書定家／（花押）」という、定家の署名（これについては後述）を伴った奥書があって、次の第四紙右半（第八九丁）オモテ面から、多くの人によって注目されてきた巻末増補部（巻末付加部分）が始まる。

この、注目されてきた第六括りについては、一方で、落丁（脱落）や文字の消去（削除）、さらには後人の加筆の可能性が指摘されている。まず桑原博史氏は「伝為家筆本伊勢物語の落丁について」（『未定稿』五号・一九五八年八月）で、「この巻末付加部分には、伝来途上における落丁が、すくなくとも二、三ヶ所存在」していると述べ、それ以外にもいくつかの重要な問題を指摘している。また久保木秀夫氏は「『伊勢物語』天理図書館蔵伝為家筆本をめぐって」（『汲古』六〇号・二〇一一年一二月）で、桑原氏の論考を紹介しつつ、さらにいくつかの重要なことがらを述べている。以下、このふたつの論考に導かれつつ、本書第六括りについてあらためて考えてゆきたい。

本書の各料紙の右半の丁のオモテ面の左上角には、修理の際、乱丁を防ぐために、括りの番号とその中での料紙番号を記した数字が記されていたようである。その数字のほとんどは紙を削って消去されているが、たとえば第五丁オモテ面（影印一三頁）や第一七丁オモテ面（同三七頁）など、左上の端にその消去の痕跡が確認できる場合も多い。ところが第六括りには、この数字が、影印からも確認できるように消去されずに残されていて、そこからはいくつかの問題が指摘されている。第六括りは現状では九紙から構成されているが、次に第一紙から第九紙までの各紙に記された数字を表示する。

（第一紙）第八六丁オモテ面…六・一
（第二紙）第八七丁オモテ面…六・二
（第三紙）第八八丁オモテ面…六・三
（第四紙）第八九丁オモテ面…六・四
（第五紙）第九〇丁オモテ面…六・五
（第六紙）第九一丁オモテ面…数字なし
（第七紙）第九二丁オモテ面…数字なし
（第八紙）第九三丁オモテ面…六・九
（第九紙）第九四丁オモテ面…六・十
第九五丁オモテ面…六・十一

第六紙と第七紙には、消去されたためか、数字が見られない。そしてその二枚の後、紙の順序と数字は一つずつずれて、現状の第八紙には「九」と記されている。さらに、現状の括りのもっとも内側に位置する第九紙には、正常な位置の「十」という数字のほかに、左半丁オモテ面の左上にも「十一」という数字が記されているのである。

この問題に注目した桑原氏は、まず、現状の第九紙の右半と左半について、「本来一紙をなしていたのではなく、鳥の子用紙の性質をたくみに利用して、双方のはしばしをうすくはがして張りつぎ、一紙に仕立てられたものである」と指摘した。影印ではノドの部分の画像がないので確認できないが、実見によれば、第九四丁オモテ面の右端に、第九五丁の料紙の続きが数ミリ程度重ねられ、貼り付けられている様子が確認できる。鳥の子料紙にしばしば見られる紙継ぎのような高度な技巧ではないが、この貼付によって、本来はそれぞれ別々の料紙のともに右半であった第九四丁と第九五丁は、一枚の紙のようにつながった形で、現状の第九紙として綴じられているのである。

桑原氏は、この第九四丁と第九五丁のすぐ後に、本来それぞれの料紙の左半にあたる丁が、第九五丁の左半、第九四丁の左半の順にあったはずであり、現状はそれが脱落していると考えた。これは、確度の高い推定と思われる。

この推定によれば、現状の第九五丁と第九六丁の間、影印では一九四頁と一九五頁の間に、現在は失われた二丁四面が存在したことになる。この欠脱部の直後にあたる第九六丁オモテ面（影印一九五頁）は、

奥書ニ朱雀院の本と注は大概此本也但付此本／哥員在多少歟

という記述から始まっている。この巻末増補部と類縁性を持つ大島本（国立民族学博物館本）末尾部には、これ

と類似した記述の前に「或本奥書云／この本は朱雀院のぬりこめに…」から始まる、二面半におよぶ奥書が記されている。桑原氏は、脱落した二丁四面にはこの記述が記されていたか、または「「つくしより」の段のあとに、なお付加章段がつづいていた」かと推測しているが、これも妥当な推定と考えられる。

さきほど、第六括りの第六紙と第七紙には、消去されたためか、数字が見られないこと、そしてその二枚の後、紙の順序と数字は一つずつずれて、現状の第九紙には「十」と記されていることを述べた。すなわち、数字だけを見れば、第六紙と第七紙の中間や前後に、失われたもう一紙があったと考えざるを得ない。しかし、この前後の丁に記された内容は連続していて、内容から見ればどこにも欠脱は考えられない。桑原氏はここにかつて文字のない白紙一丁があったことを想定しているが、その推測はやはり無理であろう。現在のところ、久保木氏も言うように、この場合は「形態的には脱落があるはずなのに、内容的には脱落がないという現象を、ただ不思議であると考え込む」ほかはない。

五　第六括りの落丁・脱落　その二

桑原氏はまた、第六括りの第六紙左半、つまり第九八丁（影印一九九〜二〇〇頁）が白紙であるにもかかわらず、前後の第九七丁ウラ面と第九九丁オモテ面に墨移りがあり、第九八丁の表裏両面に本来文字が書かれていたことを指摘し、その一部を判読している。これもまた、慧眼というべきであろう。現第九八丁のこの白紙は、前後の丁と比べても汚れやシミがはるかに少なく、もちろん雲紙でもない。この紙は、前述した冒頭第二紙右半（第一丁）と同じように、間剥ぎ補修の際に間に入れられた補修紙そのものと考えられる。この両面に、本来は原料紙が貼り付けられるべきであったが、現状ではそれが失われているのである。

この第六紙の右半は第九一丁だが、そのオモテ面（影印一八五頁）のノドには、幅一センチ近く別の料紙が貼り付けられていて、影印でも確認することができる。一部は文字にも少しかかっていて新しい補修の跡とわかるが、これは、第六紙の左半の原料紙が失われたことと関わる処置だったと考えられる。

第六紙の左半の原料紙二面が失われた理由として桑原氏は、「後人の或る意図を含んだものかとも疑われる」と述べ、その傍証として、第七紙左半（第九六丁）のウラ面（影印一九六頁）の末尾に本来あった文字が削り落とされ、その消された文字が墨移りによって、相対する第九七丁オモテ面にかすかに残されていることを指摘した。これらについて桑原氏は「或る時期における写本の所持者が、ことさらに古い年代の書写本と思わせるためにおこなった細工と見てよいであろう」と推定している。

第九六丁ウラ面（影印一九六頁）の末尾の文字が削り落とされている点については、相対する面に墨移りによってその痕跡が残っていることからも、ある時期に意図的になされた加工である可能性はたしかに大きいと言わざるを得ない。一方の第九八丁の原料紙脱落については、意図的な加工以外に、料紙の損傷などさまざまな理由が考えられもする。桑原氏は墨移りによって痕跡が残っている文字の一部を読み取っているが、そのうち第九七丁ウラ面（影印一九八頁）に残っている本来の第九八丁オモテ面第一行の冒頭が「嘉禄」という二文字であったことは、影印からも十分に確認できる。本来の第九八丁の表裏には、「嘉禄」という年号（一二二五～一二二七）から始まる奥書が表裏二面にわたって記されていたと思われる。もし第九八丁の原料紙脱落が意図的な加工であったとすれば、その目的は、この奥書に含まれた年月や人名を除去するためだったと考えられる。

六　奥書の加工

久保木秀夫氏の前掲論文は、桑原氏の論考をあらためて紹介し、その重要性を強調した点で、まず大きな意味を有するが、それだけでなく、久保木氏は、以下に述べるように、これまで誰も指摘しなかった重要なことがらを述べてもいる。

まず久保木氏は、第六括り第三紙右半（第八八丁）ウラ面（影印一八〇頁）に記された「先年所書之本為人被借失／仍為備証本所校合／戸部尚書定家／（花押）」という、定家の署名を伴った奥書のうち、「戸部尚書定家／（花押）」という二行が「前二行とは筆蹟も墨色も明らかに異なって見える」ことを指摘した。

そしてそれについて久保木氏は「この後二行はおそらくのところ、定家真筆本に見せかけるための後人の加筆であるとみて間違いなさそうである」と述べ、桑原氏が指摘した、先に見たような落丁・脱落・消去についても、「その加筆と関わるものではなかっただろうか。すなわち定家真筆本と偽装しようとする際に、都合の悪い内容がそこに含まれていたために、削除されてしまったということではないかと思われる」と推定している。

「戸部尚書定家／（花押）」という部分の筆蹟はたしかに不自然でぎこちなく、墨色も異なっている。「定家」という実名がことさらに記されていることも含め、この部分が後人の加筆によるものである可能性は大きいと考えざるを得ない。そうだとすれば、さきに見た、第九六丁ウラ面（影印一九六頁）の末尾の文字が削り落とされている点についても、定家真筆本と偽装するためであったという事情が考えられることになる。そしてさらに、第九八丁の原料紙脱落もまた、これらと同じ目的でなされた加工であった可能性が大きいように思われてくる。

これらのさまざまな加工は、本書に間剥ぎによる補修が施され、新たに豪華な新表紙と新見返しが加えられた際に行われた可能性が大きいと、まずは考えられる。激しい損傷を受けおそらくは放置された状態で再発見された本書を、補修者でもある加工者は、定家真筆という新たな価値を付加することによって甦らせようとしたのではないかとも推測されるのである。

しかしながら、すべての補修と加工が一度になされたという確実な証拠は、もちろんどこにもない。本書の来歴にには、まだ謎の部分が多く残されている。

七 「書本」…本体部と巻末増補部

本書の巻末増補部には、異本の本文に添えて「合点歌、書本無之。…」「此歌、無書本」「此語、無書本」「此詞、書本ニハ返歌バカリアリ」等という注記が記されている。

これらの「書本」について、福井貞助氏は、前掲した『伊勢物語生成論』第二章第六節（一九六五年、初出は一九五八年五月）で「この書本とは前部の定家本の事を言っているのではない事が対比の上判明する」と述べ、桑原博史氏も前掲論文で、「そこにいう「書本」が、この巻末部分を現在あわせもっている流布本系統のテキストをさすのでないことは…明らかである」と述べて、この「書本」を、本書本体部の伊勢物語本文とは異なった別個の本を指す言葉と理解している。さらに片桐洋一氏は、本書影印の解題で、「此奥書本無之」「合点奥書本無之」と記されている注記に注目し、ここに記された「奥書本」を「奥書の本」と理解して、「書本」もこれと同じものであると考え、その「奥書」について論を展開している。

これに対して久保木秀夫氏は前掲論文で、「此奥書本無之」「合点奥書本無之」は「此奥、書本無之」「合点奥、書本無之」と読むべきであり、「奥書本」という言葉はどこにも存在しないことを明らかにし、あわせて、「書本」とは書写した親本のことであるから、ここでは「当該本における百二十五段本部分の親本の謂であった」ことをも明確に指摘した。

福井氏と桑原氏は、若干の差はあるものの、ともに巻末増補部に記された章段の中に本書本体部の伊勢物語本文と重複するものがあることを根拠に、「書本」を本書の本体部とは別個の本であると考え、片桐氏も同様に判断しているが、その問題部分二ヶ所のうち、定家本の第五十九段に相当する段（影印一八一頁）には「合点歌、書本無之。後撰第十五雑一、集」という注記が記されている。そこでは、異本本文として掲出されている「ありわびぬいまはかぎりの山里につまぎこるべきやどもとめてむ」という歌が「書本」すなわち本体部第五十九段の歌と大きな異同を有する別個の歌であって同一の歌は「書本」にないこと、その異本の歌は『後撰集』や私家集の『業平集』に収録されていることが述べられていると考えられる。この章段がここに掲出されている理由は、このようにはっきりと明示されているのである。（いま一ヶ所の、定家本の第九十二段に相当する段〈影印一九三頁〉については後述する。）「書本」を本書本体部の伊勢物語本文の書写原本、つまりは書写された本体部の本文を指すと判断した久保木氏の指摘は、まことに妥当なものであったと考えられる。

「合点歌、書本無之。…」「此奥、書本無之」「此歌、無書本」「合点奥、書本無之」「此語、無書本」「此詞、書本ニハ返歌バカリアリ」等と記されている巻末増補部の注記は、ひとつひとつ検討するとわかるように、掲出された異本本文のどういう点が「書本」すなわち本体部の伊勢物語本文と異なっているかをそれぞれ明確に説明している。これらの注記によって、巻末増補部の異本本文は本体部の伊勢物語本文と密接につながっているのである。

さきに「合点歌、書本無之。後撰第十五雑一、集」という注記を検討したが、そこでは「集」が『業平集』の略号として用いられていた。本体部の、和歌の出典に関わる注記の中で、『業平集』は、最初の一回のみ「業平集」と記され、それ以後は「集」と略称されていた（前掲別稿参照）。同じ略称がこのように増補部の注記でも用いられていることからわかるように、本書の注記は本体部も増補部も一貫して記されているように思われるのである。

八　巻末増補部の後半

しかし、この「書本」との異同関係を述べる注記は、増補部の後半、すなわち「むかしおとこ女をいたくうらみて」で始まる章段（影印一八八頁）以降の十章段では、まったく姿を消してしまう。それ以降には「万葉」「所名ナルヘシ」といった簡単な注が見られるだけで、本体部との関係を示す注記はもはや記されることがない。

増補部がこのように性格の異なった二つの部分に分かれていることは、すでに桑原氏前掲論文によっても指摘されており、しかも、後半の十章段が大島本付載の小式部内侍本にほぼ一致し、出入りはあるが章段の順序も一致しているというきわめて重要な事実が、そこで明らかにされている。大島本付載の小式部内侍本との一致は片桐氏の解題でも述べられているが、増補部の後半部は、異同関係を明示する注記によって本体部と個別に結ばれていた前半部とは、大きく性格を異にしていると言わねばならない。さきに取り上げた、本書本体部の伊勢物語本文と重複するとされた二ヶ所のうちの一ヶ所、定家本の第九十二段に相当する段〈影印一九三頁〉はこの後半部に含まれており、本書本体部との重複についても、前半部とは異なった事情を考える必要があると考えられる。

九　「合点」…転写の可能性

増補部について、これ以上の事情は明らかでなく、補修や偽装加工で失われた奥書部分の欠落が惜しまれるばかりだが、いまひとつ、明らかな事実を付け加えておきたい。増補部前半の注記には、すでに見てきたように「合点」という語が何度か使われている。「合点歌、書本無之」とは、合点が付された歌が本体部にはないということであり、「合点奥、書本無之」とは、合点が付された部分から後が本体部にないということである。ところが、本書の増補部には、どこにも合点（＼または〽）が記されていない。

合点を付け忘れた、合点だけが消去されたなどとも考えられないことはないが、もっとも可能性が大きいのは、書写の際に合点が移し忘れられたという事情であろう。すなわち、本書は、巻末増補部も含めて、もとになった親本から転写されたものではないかと考えられるのである。本書の巻末増補部の冒頭〈第八九丁オモテ面、影印一八一頁〉は「うた」という語で唐突に始まっていて、これについてもこの前に丁の脱落があった可能性を桑原氏は疑っているが、久保木氏は相対する面の墨移りからそれを否定している。このような、補修や加工に帰することのできない不自然な部分についても、もとになった親本がまずあって、そこから本書が転写されたというプロセス（そしてその際のミスなどの可能性）を考えると、いささか納得しやすいように思われる。

以上、本体部と増補部が一体になっている本書について、さまざまな面から、その性格と来歴を考えてきた。加工によって損なわれた部分も多く、残された謎も多いが、本書のような書物が生み出されたことそれ自体が、鎌倉時代における伊勢物語の享受と本文研究を考える上できわめて興味深い事実である。時の経過とともに多くの本が失われた中にあって、さまざまな損傷を受けつつもなお現存している為家本伊勢物語は、多くのことを我々に示していると思われるのである。

大西閑雪筆『謡曲十五徳』について

関屋俊彦

はじめに

令和元年七月現在、『大西家蔵書解題目録』を作成中である。そのことについては「大阪能楽会館蔵書整理」(『ニューズレター』7号・二〇一七年十月)に大西家八世「智久氏とも相談し、会館は閉館し、能舞台は移築され、建物そのものは壊されてしまうが、御長男の礼久氏という後継者もいらっしゃることだし、何といっても大阪一伝統ある観世流能楽師の家としての大西家が断絶する訳ではない。御蔵書は御自宅に保存するのが一番よいということに相成った」(『なにわ大阪の「笑い」に関する調査と研究』(関西大学なにわ大阪研究センター・二〇一八年三月廿日・四号六号にも再録)と記した。すなわち、能舞台の移築話は立ち消えになり、建物は既に16階建てのほかのビルになっている。

もはや購入する余裕はないが、送ってくる古書目録に目を通す習慣は残っている。そのような折、『丘山堂古書目録』第6号（平成31年4月）に「謡曲十五徳　一幅　大正四年大西閑雪筆　絖本　本紙96・5×35・3糎　総丈185・5×47・7糎　軸装　箱入　少折れ」とカラー写真入りで掲載されているのに目が留まった。大西閑雪は天保十一（一八四〇）年十二月十二日に生まれ大正五〈一九一六〉年十二月十四日になくなっている大西家五世である。これは、もう縁というしかない。自分が買わなくてはと即座に思った。いつもは葉書で注文するのだが、この時は一刻を争うとばかりにメールを祈るように送り、幸い入手出来た。掛軸の本文はモノクロだが別に掲載した。参照されたい。

一　閑雪筆『謡曲十五徳』の紹介

古書目録にも書誌事項は記されているが、もう少し詳しく『日本古典籍書誌学辞典』（岩波書店）「表装」の風帯はないので袋表具の図に従って記してみる。なお、／は行替え。旧字体は基本的には通行の字体に直した。本文は絖本すなわち光沢に富む繻子織の絹布に記される。
［箱書］
寸法：542×70×67㎜。
箱表書き：墨書「謡曲拾五徳　大西閑雪翁之筆」

箱上部貼紙：55×34㎜。「閑雪／謡曲拾五／徳書幅（朱「捺印」）」
箱下部貼紙：48×62㎜。「謡曲拾五徳／大西閑雪翁／筆」

［掛物］

寸法：全体1887×498㎜。
掛緒（白地黒糸縫い）194㎜・巻緒（白地黒糸縫い・端折糸留）750㎜。
発装480㎜。　中回し（柱）62㎜。
上（天）520㎜。　下一文字40㎜。
上一文字72㎜。　上下273㎜。
本紙（金枠）982×355㎜。　軸514㎜。

［内容］

（朱角印）

謡曲十五徳

起居整威儀　常吟歌及詩　旅泊得知己
獨坐慰閑思　国史識興廃　人生感盛衰
情態開貴賤　風景見文辞　非時弄月花
不歩遊勝地　無醫養精神　不味勧飲食
不祀清神慮　自然窺仏意　不貴交高位
乙卯仲秋　為川村氏　閑雪七十七書（朱角印「観世廿二世／清孝門弟／師資相傳／大西信胄」）

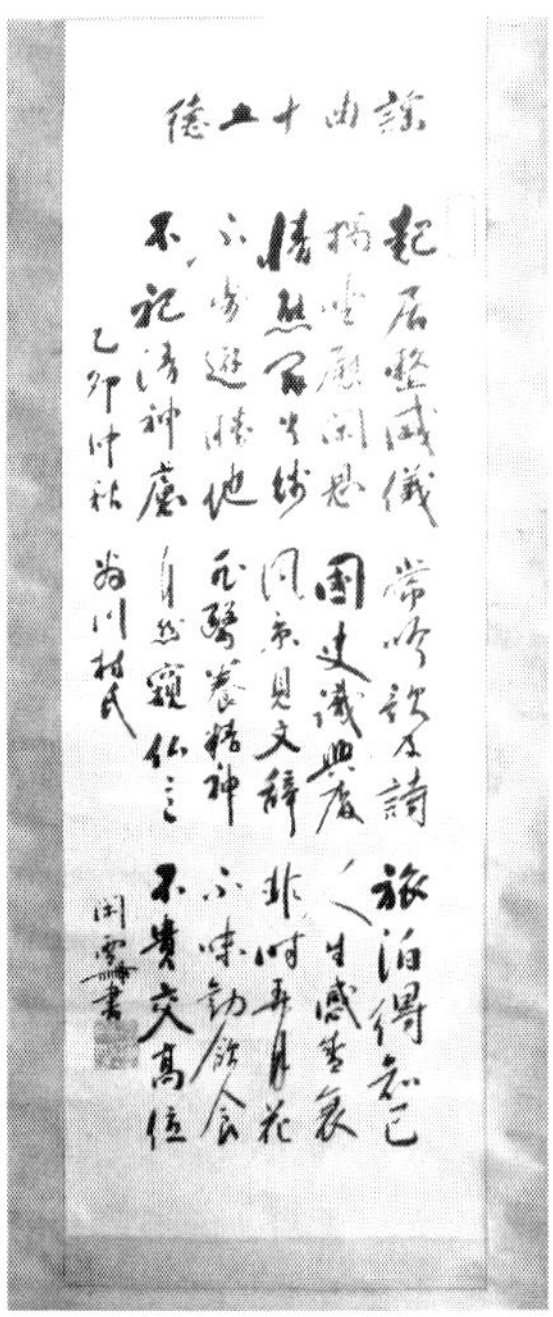

念のため、十五徳の本文を私なりに書き下ろしてみる。別に述べるように他と比べて一致するものがないから

である。便宜上各句に通し番号を付した。

1起居、威儀（姿勢）を整うる。2常に和歌及び漢詩を吟ずる。3旅泊して知己（友）を得る。

4独り座して閑かに思いを慰むる。5国史の興廃を識（知）る。6人生に栄枯盛衰を感ずる。

7情態（移り変わり）の貴賤を開く。8風景に文辞（名句）を見る。

9時に非（あら）ずして月花（自然）を弄（もてあそ）ぶ。

10歩（あゆ）まずして勝地（景勝地）に遊ぶ。11医（医師）要らずで精神を養う。12味わわずして飲食を勧めらる。

13祀（まつ）らずして神慮を清（すず）しめる。14自然に仏意を窺う。15貴（とうと）からずして高位に交わる。

二　考察

まず、箱書きは贈られた川村氏か業者の手になるものであろう。箱上部の貼紙朱書は難読である。

次に肝心な本体の本文であるが署名直下の記号は、どうやら数え年で閑雪が喜寿を迎えた年齢のようである。横棒に縦棒が七本、脇に記されているのは「々」といった繰り返し記号で七七（喜寿）を表しているとみた（西瀬英紀氏教示）。すなわち、乙卯は大正四年にあたる。実は閑雪自身は翌五年満年齢七十七歳で死去している。まだ元気なころだったものである。ちなみに大正四年は御大典記念の年であって各地で記念行事が盛んに行われている。それに合わせ予祝を含め揮毫した可能性が高いのではあるまいか。

次に捺印が二か所押されている。いずれ大西家に今も保存されているのかも知れない。本文冒頭に押されている朱角印はモノクロで拡大したものであるが下に載せた。

掛軸本文冒頭の朱角印の読み方については京都市伏見区の老舗「ダルマ屋印房」で教わった。禅語で「心外無別法」を甲骨文字で書かれているという。確かに手近な『禅語大辞典』（大修館書店）によっても恵心僧都の「自行略記」や鈴木正三の「盲安杖」に記されていて、「しんげむべっぽう」と読み、意味は「心の外に三界はなく、あらゆる存在は心の中の現象に過ぎない」ということであるようだ。大西閑雪の深い教養が偲ばれる。

署名下に押されている朱角印の「観世廿二世清孝」は明治二十一年五十二歳で没している宗家。智久氏の父君信久氏の著された『初舞台七十年』（昭和五十四年三月・大西松諷社）の「祖父閑雪のこと」に「幼少から（筆者注：四代目大西）寸松のきびしい稽古を受け、後、江戸に出て観世宗家二十二世清孝に師事し、十五才にして全曲を修得」とある。観世家はその後、二十三世清廉（明治四十四年四十五歳没）、二十四世左近（昭和十四年四十五歳没）と続くのだが、閑雪は清孝を生涯の師として奉っていることがわかる。なお、「大西信胄（のぶたか）」は閑雪の実名である。

問題なのは贈呈先の「川村」だが不明。拙稿「新蔵生田文庫所蔵『大西閑雪会員名簿』について」（関西大学『国文学』第一〇〇号・平成二十八年三月）で紹介した閑雪の弟子名簿には不記載である。なお、名簿の不明人物については、その後、肥田皓三氏や故水田紀久氏、アサヒビールの横川幸知氏からすぐお葉書やメールで御指摘を受け、判明した方々もあるが、稿を改めて紹介したい。いずれにしても「川村氏」に姓のみで名前を記していないところを見ると、閑雪と相当親しかった人であろう。本掛軸は川村家から何らかの事情により手放されたものであろう。
しかるに、閑雪筆の謡曲十五徳本文の書き方は既存のものとはかなり相違している。最近刊行紹介された藤田隆則氏「序・謡は楽しい」（『謡を楽しむ文化』平成二十八年十月・京都市立芸術大学日本伝統音楽研究センター）で「謡の十五徳」は『観世小謡万声楽』を引用している。それによれば次のごとくである。

不行而知名所　在旅而得知音　不習而識歌道　不詠而望花月　無友而慰閑居
無薬而散鬱気　不思而昇座上　不望而交高位　不老而知古事　不恋而懐美人
不馴而近武芸　不軍而識戦場　不祈而得神徳　不触而知仏道　不厳而嗜形美

近世の版本で流布したものであり、これが一般的な理解であっただろう。
次に閑雪は『能楽大事典』（二〇一二年・筑摩書房）にも『初舞台七十年』を踏襲し「同年（注、明治三十三年）二三世観世清廉より皆伝免許を受け雪号を贈られて閑雪を名の」るほど清孝以来観世家に出入りしているので観世家の伝書は拝見していたはずである。そこで、今や幸いに観世家のものは「観世家アーカイヴ」としてインターネットでかなり紹介されているので、それによると次の三点に目がとまった。以下、任意に翻刻してみる。

A『観世家謡十五徳・謡十利・紫野大心筆』

謡十五徳

不行而知名所　在旅而得知音　不習而識歌道　不詠而望花月　無友而慰閑居
無薬而散鬱気　不思而昇座上　不望而交高位　不老而知古事　不戀而思美人
不馴而佐武藝　不軍而識戦場　不祈而得神徳　不触而知仏道　不厳而嗜形美

右、細川三斎、小堀遠州　両作

謡ニ申十五徳アリ。三斎ト小堀遠州両作之由。細川ノ三斎公ハ利休下ノ七哲ノ内茶家ノ面目小堀氏ハ三斎ヨリハ若ケレト。遠州流トテ本家ノ指南者両トモ武勇ノ達者而已茶禅一味ト謡ハヤせり

B

『成瀬温謡曲十五徳』

謡十五徳

二十三世　観世太夫之清嬰

不行而知名所　在旅而得知音　不習而識歌道　不詠而望花月　不老而知古事
不戀而懐美人　不馴而近武芸　不軍而識戦場　不祈而得神徳　不触而知仏道
不思而昇座上　不望而交高位　無友而慰閑居　無薬而散鬱気　不厳而嗜形美

明治三十二年歳次己亥三月中浣　七十三翁賜硯堂成瀬温書（朱角印二）

C

聞国楽之謡得十利

一、六藝、第二　国楽、国人、不可不知　二、神・男・女・鬼・四霊　能次第知踏舞
三、王・公卿・大夫等、聞謡坐知名跡　四、貴賤僧俗之人、聞謡知有前後
五、有不知仏法人、聞謡頗知因果　六、日本学多在謡、聞謡者知其事
七、有不詠和歌者、聞謡知願嶋道　八、謡雖歌舞唱法、文句禅教律部
九、今称能大夫者、能達国楽藝能　十、闕金石絲等者。笛鼓大鼓音調

紫野大心（花押）

ところで、Aの『観世家謡十五徳』に、これは細川三斎と小堀遠州の合作である由が述べられている。細川三斎は藤孝の息忠興のことで永禄六（一五六三）年の生まれ、正保二（一六四五）年没。初代小倉藩主、細川ガラシャの夫として知られる。小堀遠州は天正七（一五七九）年生まれ、正保四（一六四七）年没。花道を冷泉為満に学び、茶道は古田織部に学び、のちに遠州流茶道の祖となる。大谷節子氏は「細川幽斎と能」（『細川幽斎―戦塵の中の学芸』二〇一〇年・笠間書院）の「附」に注として『宝生流のはなし』（一九八五年・わんや書店）を引用され、謡の十五徳は「なんでも細川幽斎の撰になるといわれています」を取り上げられ、「謡十（五）徳の作者を幽斎とする伝えがどこを源とするものであるか未詳であり、その真偽のほども明らかにし得ない。なお、作者に関して現在管見に入った最も古いものは、笛方藤田流の藤田六郎兵衛氏蔵の『見分集』（江戸前期写）として」とあり、以下、Aの本文と同文のものをあげていらっしゃる。『宝生流のはなし』は三斎（忠興）と幽斎を混同したものであるに違いないが、観世家から話だけは聞いていたのではないか。インターネットの世界では、『宝生流のはなし』が新書版であっただけに謡曲十五徳は細川幽斎作の説が流布しているようである。

いずれにしても閑雪に戻れば、閑雪が大谷氏のあげられた藤田六郎兵衛家蔵の『見分集』を拝見する可能性があったかまでを考えてみると、やはり、閑雪は観世家で観世家のものを拝見した可能性の方が高かったと思っている。ちなみに細川護貞監修『綿考輯録』（汲古書院）には二人の密なことが伺え、忠興は結構教条主義者的なこと、例をあげると巻二十六に「三斎君御掟とて（中略）先正直を本とせよ　神の恵みもふかゝらん」などをあげている。三斎の思い付きを遠州がまとめたとすれば話は面白いのだが、私の考察もここまでである。茶道専門の研究者にも伺ったが、この説話は初耳であるようである。

閑雪の掛軸と対比しながらもう少し考えてみたい。Aは全ての句の第一字めに「不」を記しているのが、閑雪筆のものはまったく踏襲していない。内容的にも閑雪の二句めとAの三句め、四句めと六句めなど一部こじつければ合致するものもあるが、完全に一致するものはない。『初舞台七十年』の「祖父閑雪のこと」には明治維新の動乱期には「私塾を開き、書道、英語等を教え」たほどの教養の持ち主であることが記されている。私塾といえば当時は漢籍である。蔵書にも数多くの漢籍が見られる。閑雪の謡曲十五徳は従来の謡曲十五徳を参照にしながら自ら練り直したものであろうと今は推測しておきたい。

三　狂言「連歌十徳」など

大谷節子氏は「謡玉手箱　謡十徳之巻」(『観世』平成二十年五月号)で表章氏『鴻山文庫本の研究　謡本の部』を引用しつつ「謡の効用を数え上げる発想は恐らく「連歌十徳」に準えてのものであり、「謡十徳」を増幅させて「十五徳」が整えられたと考えるのが自然であろう。「連歌十徳」の成立は室町に遡り、北野天満宮蔵一軸「北野天神連歌十徳」は猪苗代兼載筆とされる」とある。それに今少し加えると池田廣司氏『狂言歌謡研究集成』(平成四年二月・風間書房)に『天正狂言本』の「そもそも連歌の十徳には行かずして名所を知る、信ぜずして神慮に叶ふ、老いずして古今を知れり」の「考説」に猪苗代兼載が宗祇の後を受けて北野連歌会所奉行となってから北野神社に奉納したものであることが最初であった。ところで、インターネットで公開されているもう一本『連歌藻塩草　和歌四花四鳥連歌十徳』(天正十年写本・富山市図書館・山田孝雄旧蔵)をこの際、あげておきたい。

一、連歌を信する人ニ天神の御託宣ニ云有十徳

不行到仏果ニ　不指叶神慮ニ　不移亘ワタル四時　不節遊花月ニ　不行見名所ヲ

不老忍古今ニ　不戀シトハ思愛別ヲ　不捨遁浮世ヲ　不親シタシカラ為知音ト

不貴交高官（ミセケチ「位」）　此亟十徳事疑也

天正十（一五八二）年という『天正狂言本』に極めて近い史料をもう一本われわれは手に入れたことになる。

更に、中原幸子氏より香道でも「香十徳」として、次のような伝承があるとの御教示を得た。

香十徳

感格鬼神　清浄心身　能除汚穢　能覚睡眠　静中成友

塵裏偸閑　多而不厭　寡而為足　久蔵不朽　常用無障

出典は北宋の詩人、黄庭堅によって記された漢詩で、一休宗純によって広められたということである。

おわりに

幸運にも入手した大西閑雪筆『謡曲十五徳』について考察してみた。大正四年、御大典と自ら喜寿の予祝を込めて、大変親しかった川村氏に「謡曲十五徳」を揮毫して差し上げた。但し、観世家所蔵のものを参照にしつつも自らの漢籍力から新たに書き直したものであった。

問題点としては観世家には細川忠興と小堀遠州合作とする「謡曲十五徳」が伝わっていて、これがいわゆる「謡曲十五徳」の原点となるようだが、忠興・遠州合作説は、なお不明である。また、閑雪と親しかった川村氏とは誰かとの疑問も残る。また、茶・生花・香・連歌といった藝能の世界に出てくる十徳についての関連も更に調べなくてはなるまい。

以上は、令和元年（二〇一九）六月九日、大阪大学豊中キャンパス・芸術研究棟で開かれた六麓会で「新架蔵能楽資料二題」と題して報告し、更に七月廿二日に関西大学千里山キャンパスで行なわれた藤田真一氏の「月曜会」でも発表したものである。

付記　また、本稿は、科学研究助成金基盤研究（C）「大阪能楽会館蔵書解題目録の作成ならびに茂山千五郎家と青家のかかわり」（課題番号18999955　研究代表者関屋俊彦）に基づく研究成果の一部である。

藤澤南岳と明治漢詩壇

附、藤澤黄坡の従軍詩について

長谷部　剛

一

泊園書院の漢詩について、すでに筆者は「泊園書院の漢詩——藤澤東畡・南岳——」（『泊園書院と大正蘭亭会百周年』所収、関西大学出版部、二〇一五年）において、以下の四点の特徴を指摘した。

1. 模擬（擬古）詩の多さ
2. 楽府（がふ）詩の多さ
3. 宋詩、特に陸游詩への愛好

4．題詠詩の多さ
5．明治期新風俗への関心

右に掲げた1と2は、中国・明の李攀龍・王世貞を領袖とし日本では荻生徂徠が鼓吹した「古文辞派」の特徴と位置づけられ、3・4・5については江戸時代から続く明治期の漢詩に多く見られる一般的傾向と位置づけられるものであった。

本稿の第四節までは、考察の対象を泊園書院第二代院主、藤澤南岳の漢詩に絞り、南岳の明治漢詩壇における位置について論じるものである。

二

藤澤南岳（一八四二〜一九二〇）はその生涯を通して詩作に励み、膨大な量にのぼる漢詩をのこしている。それらは『七香齋吟草』（全十七冊）および『七香齋吟稿』（全八冊）の二種の手稿本に見ることができるし、また『七香齋詩抄』（大正七年〈一九一八〉刊）は南岳が生涯の詩作から百二十首を自選したもので、南岳の代表的作品はここに見ることができる。

さらに、『奚囊詩存』（明治十二年〈一八七九〉）・『七尚詞』（明治三十二年〈一八九九〉）・『和陶飲酒詩』（明治三十五年〈一九〇二〉）・『新樂府』（明治三十七年〈一九〇四〉）・『藤澤南岳先生詩碑略解』（大正十一年〈一九二

二〉）・『藤澤南岳先生勸善歌略解』（大正十二年〈一九二三〉）などの単行本の詩集が刊行されていることも、南岳の詩業を後世に伝えるものとして特筆すべきである。

右に挙げたのはすべて南岳個人としての詩業であるが、忘れてならないのは、南岳は院主として院生に作詩の指導をしていたことである。『古押九格』（大正六年〈一九一七〉）は作詩の際に心得るべき古人の名言を集めて南岳が解説を付した書で、いわば作詩の教科書といえる。また、詩韻書『韻雅』（明治四十年〈一九〇七〉）も刊行しており、これは昭和五十七年（一九八七）に松雲堂書店から再刊されるなど、長い期間、多くの利用者を生んだ。これらの両書を改めて見返すと、明治・大正期、泊園書院の院生たちが両書をひもときながら漢詩の制作を学んでいたようすが彷彿としてくる。実際に、辻揆一「明治詩壇展望」其一[1]には以下のようにある。

私塾

舊幕時代に創立せる私塾の殘存せる者及び明治に入りて新に興れる者を合すれば、私塾の數は十七八に上るが、此等は多く經學を教ふると同時に詩文の教授をもなせるものである。其主なる者は、

（塾名）	（設立者）	（設立年月）	（所）
咸宜園	廣瀬淡窓	文化二年	豐後
傳經廬	海保漁村	文政八年頃	江戸
泊園書院	藤澤東畒（ママ）	文政八年	浪華

（中略）

此等の私塾より輩出せる詩家の主なる者は、

（中略）

泊園書院——岡本監輔・岸田吟香・市村水香

（以下略）

この記述によっても、泊園書院の藤澤南岳が儒者のみならず漢詩の大家としても大阪において確乎たる地位を占めていたことがわかる。

次に取りあげるべきは、詩社への参加である。明治十九年（一八八六）、左氏球山・近藤南洲（元粋）・岡山聿山らが大阪で結成した詩社「逍遙遊社」に南岳も参加し、のちには、子の黄鵠・黄坡らも加わり、藤澤父子は同社の中心的存在となった。この「逍遙遊社」と南岳については、西田孝司「逍遙遊社における藤澤南岳・黄鵠・黄坡」（『泊園』第四十七号、二〇〇八年）があるので、ここでは贅言しない。

さらに、南岳の明治漢詩壇における地位を象徴するものとして「熙朝風雅」を取りあげたい。これは、明治十八年、大阪において美濃の人、小川果齋（木蘇岐山）が雲花吟社から刊行を始めた漢詩文の雑誌で、明治十九年の第十集まで続いた。前掲の辻揆一「明治詩壇展望」には、「投稿家は京阪を中心に東は美濃・尾張より東京附近に及び、西は三備防長に至る一大詩壇を築いた」とあり、投稿された漢詩文の評点者は、伊勢小崧・宇田栗園・福原周峰・谷如意・江馬天江・草場船山（以上京都）・藤澤南岳・土屋鳳洲・小川果齋（以上大阪）・大沼枕山・小野湖山・巖谷一六・森春濤・森槐南・清客黄吟梅・胡鐵梅・姚子梁・王冶梅・王黍園などであった。これらの評点者、特に東京の大沼枕山・小野湖山・巖谷一六・森春濤・森槐南は、明治漢詩壇の代表的人物であり、南岳が彼らと名を並べていることからも、南岳の明治漢詩壇における地位が自ずから理解されよう。

明治十五年、谷嚶齋の編輯により『明治百二十家絶句』（全六册）が刊行された。これは、明治八年の森春濤〔編輯〕『東京才人絶句』採録の詩人をもとに、新たに山田方谷・柴秋村・川田甕江・草場船山・藤澤南岳・竹添井井・島田篁村・土屋鳳洲・三島中洲・中村敬宇などが加わった、全百二十家の絶句の選集である。『東京才人絶句』は刊行されるや忽ちに漢詩壇の歓迎を受けて、編者森春濤の詩名がにわかに高まる契機となった書である。南岳が『東京才人絶句』に載るわけはないが、同書と双璧をなす『明治百二十家絶句』[2]の方に南岳の名が見える事実は、南岳の詩名の高さを如実に示している。

明治十六年、中国清・陳曼壽〔編輯〕『日本同人詩選』全三册が大阪にて出版された。出版人は土屋弘、すなわち土屋鳳洲である。藤澤恒（南岳）も序を寄せているので、同書は土屋鳳洲・藤澤南岳といった大阪の漢学者の協力のもと、関西に寄宿していた清人陳曼壽によって作られた日本漢詩の選集であることがわかる。従って、鳳洲は二十八首、南岳は十一首と比較的多くの詩が採られている。同書に採られた南岳の詩を以下に掲げる。

「讀易」（五言古詩）・「看雲」（七言絶句）・「金山廢礦」（七言古詩）・「偶閲棋譜漫成」（五言古詩）・「新燕」（七言律詩）・「題畫二首」（五言絶句）・「菅公遺愛梅」（七言絶句）・「秋思」（七言絶句）・「送僧泰巖歸甲州」（七言絶句）・「雪郊」（七言絶句）

そのなかから七言絶句二首を選び、全文と通釈を示す。

「菅公遺愛梅」
擬將清操託風流
不與羣芳爭匹儔
借問甘棠花一樹
千年能有此香不

「菅公 遺愛の梅」
清操を將て風流に託せんと擬し
羣芳と匹儔を爭はず
借問す 甘棠花の一樹
千年 能く此の香有りや不や

【通釈】

菅公は自らの清廉潔白な節操を世の風流の士に託されんとし、多衆に与して同じ輩となることを潔しとはしなかった。試みに聞いてみたい、花をつける甘棠の木よ、（漢土では善政をしいた周の召公を民衆が慕って召公ゆかりの甘棠にもとに集ったというが）なんじは、菅公遺愛の梅と同じように千年ののちもこの香りを保ち続けることができようか。

南岳は菅原道真を崇拝し、また大阪天満宮にて「菅廟詩会」を主宰したことでも知られる。従って、この詩は南岳を知るうえでも極めて重要な一首であり、『日本同人詩選』に採られたことはまことに適切だといえよう。

「秋思」
笭箵聲々夜賣鱸
不堪秋氣逼吟軀
紙窓斜影疎桐月

「秋思」
笭箵の聲々 夜 鱸を賣る
堪へず 秋氣の吟軀に逼まるを
紙窓の斜影　疎桐の月

一枕西風夢五湖　　西風に一枕すれば五湖を夢む

【通釈】

この大阪の町では、竹籠に鱸を入れて売りに歩く者の声が毎晩聞こえてくる。秋の冷たい空気が詩ばかり作ってやせてしまったこの身体に迫るのは、本当に堪え難いことだ。（ふと見ると）葉の落ちた桐の枝が月に照らされて障子に斜めに影を落としている。西風の吹くなか、ひとたび臥せば、五つの湖が広がる、かの呉越の地に遊ぶ夢を見る。

この詩は第一句末に「鱸」の字を置き「蓴羹鱸膾」の故事を踏まえる。「蓴羹鱸膾」とは、じゅんさいの吸い物とすずきのなますのこと。西晋の張翰が自分の故郷である越のこれらの食べ物をなつかしみ官を辞して帰郷したこと（『晉書』文苑傳・張翰）から、故郷を思う心情のたとえとして用いられる。この詩ではさらに第四句末に「五湖」とある。「五湖」とは呉越地方の湖沼のことであるから、「蓴羹鱸膾」の地である越を示していることとなり、第一句の典故と関連する語を置いて巧みである。

この詩のなかで最も秀逸なのは第三句である。紙窓斜影疎桐月——秋が深まり葉が落ちて枝だけになった桐が、月に照らされ南岳の書斎の障子に斜めに影を落としているのを、南岳がその裏側から見ているのである。このような秋の情景をわずか七文字に凝縮しえた南岳の繊細な感性、巧みな表現力に驚嘆せざるを得ない。

明治十八年には、水越耕南・龜山節宇が選評した『皇朝百家絶句』（全三冊）が刊行された。これは、頼山陽・梁川星巖以下、百家の絶句の選集であり、村上佛山・宮原易安・大槻磐溪・岡本黄石・頼支峰・山田方谷・大沼枕山・小野湖山・鷲津毅堂・森春濤・川田甕江・鈴木松塘・菊池三溪・柴秋村・長三洲・草場船山・江馬天江・

巖谷一六・伊勢小淞・成島柳北・小原竹香・神田香巖・土屋鳳洲・左氏珠山・市村水香らとともに藤澤南岳の絶句が採られている。

明治三十五（一九〇二）年、岸上操の編になる『明治二百五十家絶句』が博文館より刊行された。これは野口寧齋を筆頭に二百五十家の絶句を収録するもので、藤澤南岳は土屋鳳洲・籾山衣洲・木蘇岐山・神田香巖・近藤南洲などの関西漢詩壇の重要人物ともに名を連ね、「微笑菴偶作」「晩春郊外　有引」「贈川合子德」「花影」「消夏絶句」「同德菴居士宿天龍寺」「白山氏席上聽蓄音器。笑語歌曲盡可聽、而三絃之聲如隔雨。如入烟者、最佳。卒賦贈主人」「仲秋幾望夜作」「訪北河諸友」「一笑」の七言絶句十首が採られている。

このなかから、「白山氏席上聽蓄音器……」の全文と通釈を以下に示す。

「白山氏席上聽蓄音器。笑語歌曲盡可聽、而三絃之聲如隔雨。如入烟者、最佳。卒賦贈主人（白山氏の席上、蓄音器を聴く。笑ひて歌曲盡く聴く可きを語る。而るに三絃の聲 雨を隔つるが如し。烟に入るが如き者、最も佳し。卒（には）かに賦して主人に贈る）」

宮徵隨機次第生　宮徵（きゅうち） 機に隨ひて次第に生じ
絃中妙曲轉分明　絃中の妙曲 轉（うた）た分明
可憐西土製之者　憐れむ可し 西土 之を製する者
不識人間有此聲　人間（じんかん）に此の聲有るを識らざるを

【通釈】
宮声・徴声など、さまざまな音が蓄音機から順番に発っせられ、三味線の絶妙な曲は（はじめはまるで雨のようなザーザーという雑音のなかに聞こえるだけであったが）だんだんとはっきりと聞こえるようになった。なんとかわいそうなことよ、西洋でこの機械を作った者は。この世界で三味線の（本物の）響きがあることを知らないのだ。

蓄音機という、明治文明開化による舶来品を前にしてその驚きを率直に表現するとともに皮肉も込めており、好奇心あふれる当時の南岳の表情まで想像される、ほほえましい一首である。

なお、『明治二百五十家絶句』は南岳の長子、黄鵠の詩も十首採られており、詩業こそ泊園書院院主の親子二代にわたる、誇るべき技芸であったことが同書から窺える。

三

このように南岳は明治期一流の漢詩人であったことは疑いを容れるところではない。しかしながら、南岳は明治漢詩壇の主流にあったということはできない。その理由として、大阪の南岳が漢詩壇の中心であった東京から離れた位置にあったことがまず挙げられよう。本節ではこの問題をより具体的に考えるために、まず、明治漢詩壇の状況について確認しておきたい。

川邉雄三「『東瀛詩選』編纂に関する一考察――明治漢詩壇と日中関係との関わりを中心に――」（『日本漢文学研究』第八号、二〇一三年）は、三浦叶『明治漢文学史』（汲古書院、一九九八年）などによりつつ、明治初年から明治十五・六年（一八八二・三）頃までの漢詩壇の状況を略述している。それによれば、明治初年は、①廣瀬淡窓の咸宜園門下（玉川《ぎょくせん》吟社・香草吟社）、②岡本花亭門下の江戸詩家中の遺老、菅茶山の詩風を伝える勢力、③梁川星巖の玉池吟社門下（下谷吟社等）、という三つの系統があった。①の玉川吟社・香草吟社は明治十年（一八七七）あたりを境として相次ぐ同人の死により衰退していく。③の梁川星巖門下は、小野湖山・大沼枕山・向山黄村・遠山雲如・江馬天江・鱸松塘・岡本黄石・森春濤・小原鐵心・草場船山・谷如意などがおり、濃尾出身の文人を多数擁しており、維新後はとくに小野湖山・岡本黄石・大沼枕山らが東京で活躍し、中でも枕山が創立した下谷吟社が、①・②の二勢力を圧倒することとなる。一方、梁川星巖門下の森春濤は、明治七年（一八七四）に上京、茉莉吟社を設立して明末清初の詩を紹介し、明治八年（一八七五）四月に『東京才人絶句』、同年七月に漢詩雑誌『新文詩』、明治十年（一八七七）十月に『清三家絶句』、明治十一年（一八七八）八月に『清廿四家絶句』などを出版し、枕山らと勢力を交替することとなった。また、成島柳北も自らが主宰する『朝野新聞』や、漢詩雑誌『花月新誌』に漢詩を掲載し、柳北の歿する明治十七年（一八八四）まで続いた。このように、明治初年から明治十五・六年（一八八二・三）頃にかけて、日本国内における漢詩壇は、主に①・②・③の三系統から大沼枕山・森春濤・成島柳北の三系統となったのである（以上、川邉論文より引用。一部要約し表現を改めた）。

泊園書院の藤澤南岳は、明治漢詩壇において、このような東京中心の諸系統に属することなく、大阪を基盤として独自の地位を築いた。それは、以下に述べる明治漢詩壇の新風尚とも無縁であったことからも明らかである。

明治期の漢詩界における新風尚として、本稿では、「清詩の流行」と「塡詞の試み」の二点を挙げて論を進めたい。「清詩の流行」について、神田喜一郎「日本における清詩の流行」（漢詩大系二十二『清詩選』月報、一九六七年）は、以下のように述べる。

江戸時代の末期から明治大正年代に至る約百年間における清詩の流行は、じつにすさまじいものがあつた。當時の漢詩人は、われいちにを争つて清詩を讀んだものである。李・杜・韓・白の詩は讀まなくでも、厲樊榭だの黄仲則だの張船山だの陳碧城などといふものには、何とおいても飛びついた。當時の書生で、厲樊榭の「人在重簾淺夢中」の句を知らぬものは無かつたらうし、（…中略…）もちろんさうした詩人より更に古い王漁洋の詩などはひどく流行したもので、（…中略…）少し力量のある者は名高い「秋柳」の詩の次韻を試みたりして得意になつてゐたものである。

この清詩の流行には、東京・茉莉吟社の森春濤・槐南父子が与ること大であった。明治十一年、茉莉巷賣詩店より『清三家絶句』全三冊が刊行される。これは、陳碧城（陳文述）・張船山（張問陶）・郭頻伽（郭麐）ら清代三詩人の絶句を収めるもので、辻揆一「明治詩壇展望」に「此書が最も人の愛賞を受け、清詩鼓吹には大いに効果があつたのである」と評される。さらに同年、『清廿四家詩』（全二冊）が同所より刊行される。これは、例えば銭牧齋（銭謙益）の詩を北川雲沼が選び、呉梅邨（呉偉業）の詩を鷲津毅堂が選び、王漁洋（王士禛）の詩を長三洲が選ぶなど、清代二十四人の詩を明治漢詩壇の著名人物が選ぶもので、辻揆一「明治詩壇展望」に「此書も明治大正に亙って大いに愛誦せられた詩集である」と評される。『清廿四家詩』は、先に挙げた北川雲沼・鷲津毅堂・長三洲の三者以外にも鱸松塘（蔣藏園〈蔣士銓〉）・小野湖山（趙甌北〈趙翼〉）・成島柳北（張船山〈張問陶〉）・大沼枕山（袁簡齋〈袁枚〉）・江馬天江（厲樊榭〈厲鶚〉）などが名を連ねる。

このように、清詩の流行は明治漢詩界の一大風潮であったのだが、管見の限りでは、藤澤南岳はこれに一顧だにすることはなかったようである。『七香齋吟草』（全十七册）および『七香齋吟稿』（全八册）によって見ることができる南岳生涯の詩作を閲してみても、清詩の影響を受けた作品を見いだすことは難しい。また、泊園書院は明治期に大いに愛読された『清三家絶句』・『清廿四家詩』の両書を所蔵していなかったようである（『関西大学泊園文庫蔵書書目』、一九五八年による）。そもそも、南岳がもし清詩の流行に与していたならば、『清廿四家詩』の選者の一人に名が見えていたかもしれない。『清廿四家詩』の選者に南岳の名が見えないこともまた、南岳が清詩の流行とは無縁であったことを示していよう。

南岳はなぜ清詩の流行とは無縁であったのか、この問題について考える場合、「清詩の流行は主に東京においてであって、大阪を拠点としていた南岳にとってそれは遠いものであった」との想定が提出できる。しかしながら、その想定を打ち消すものとして、劉執玉［選］・近藤元粋［評］『清六家詩鈔』の存在が挙げられる。これは、宋荔裳（宋琬）・施愚山（施閏章）・王漁洋・趙秋谷（趙執信）・朱竹坨（朱彝尊）・査初白（査慎行）ら清代六詩人の詩を劉執玉が選び、近藤元粋が評を加えたものである。明治四十年（一九〇七）に青木嵩山堂より刊行された。近藤元粋といえば、大阪在住の漢学者・漢詩人であり、詩社「逍遙遊社」の同人として南岳の盟友であった人物である。その元粋が清詩選集を刊行しているのであるから、清詩を推賞する風潮は決して東京に限定された狭い範囲の流行ではなく、大阪にも及んでいたのである。近藤元粋の『清六家詩鈔』は泊園書院も所蔵しており、清詩の流行が南岳周辺に及んでいなかったわけではなかったのである。このような点から、南岳自身の詩歌創作と当時の清詩流行の間に接点が見いだせないのは、南岳が清詩を意図的に忌避したからではないかと考えざるを得ない。

次に「塡詞の試み」について論じる。中国の歌辞文芸の一つとして唐代に発生し宋代になって大いに流行した「詞（塡詞・詩余）」の創作が日本・明治期にどのように試行されたか、については、神田喜一郎「日本塡詞史話」（『日本における中國文學』一・二、二玄社、一九六五～六七年）に詳しい。具体的には、森春濤・茉莉巷凹處の『新文詩』（明治十六年まで）、および春濤の子、槐南の『新新文詩』（明治十八～十九年）において詞の創作・詩話の掲載があり、さらに明治十九年一月、春濤の女婿、森川竹磎によって創刊された『鷗夢新誌』（鷗夢社）は巻末に詞を載せ、詞作の普及に努めたことで知られる。『鷗夢新誌』における詞の作者は森川竹磎・高野竹隠・永田聴泉などの二三家にとどまったが、森川竹磎はその後、明治末年より詞譜『詞律大成』の撰述を始め、大正期、主宰する鷗夢吟社の機関誌『詩苑』において『詞律大成』を連載、日本で唯一の本格的な詞譜として完成させた。(3)

明治期による詞作・詞学の試みは、清詩の流行ほど大規模なものではなく、愛好者もまたごく限られてはいたが、これもまた大阪・泊園書院の南岳周辺に及んでいたのである。水原渭江「近藤南州の塡詞について」（『近代上方における中國文學』下、一九七〇年）は以下のように述べる。

詩文集『南州先生詩文鈔』三巻のうち、（…中略…）塡詞が散見される。詞は小令と中調で、長調はない。南州は儒者として經學上の研究もさることながら、文學方面の研究においても、近代稀有な詩人であったが、いつ、どうして、塡詞のような特殊な文學に手を染めたのであろうか。その經緯は明らかでない。上阪後間もなく〈明治九年〉猶興吟社を設けたり、明治十九年には逍遥遊吟社を設けるなどして、韻藝の習作に従事しているから、塡詞というものについては、ある程度の認識があったかと思われる。當時の泊園の藤澤南岳の藏書にも『詞律』があるし、逍遥遊吟社の同人であった藤本煙津が五十関近い作品を作っていることからしても、當時の大阪の詩人のあいだには、塡詞趣味があったことは十分想像される。

「南洲」とは近藤元粋のこと。前述の通り、近藤元粋は南岳の盟友であり、文学上の関係は極めて密接なものがあった。その元粋が詞作を試みているのであるから、南岳がそれを知らなかったはずはない。そして、右の水原渭江氏の文に見える藤本煙津は、逍遥遊吟社の同人であって泊園書院門下ではないが、それでも南岳に極めて近い人物であった。水原琴窗「藤本煙津老人の想い出」（水原渭江『近代上方における中國文學』下、一九七〇年）に以下のようにある。

かって（ママ）（引用者注、雑誌『詩苑』の）詩欄の方に

奉哭藤澤南岳先生

誰將大筆賦招魂、河嶽英靈與道存。獨對梅花予讀易、傷心天地雪黄昏。

の詩があったので、僕と同じ藤澤門下かと、懐しさに堪えず、泊園に問い合わせたところ、梅見有香から返事がきて、

煙津は逍遥遊吟社の同人ではあるが、藤澤門下ではないから……。

とのことであったが、それにしても、いつ塡詞を誰れについて研究したものか、勿論、當時、近藤南洲の猶興吟社の一派が、小規模の詩餘研究会をしたことがあったらしく、『南洲先生詩文鈔』のなかに、小令がときどき介在しているのがみられ、例の崇山堂版の袖珍本の元好問の中州樂府の句豆を施したとき、句豆の困難

なことを記して、詞律をはじめ諸種の詞譜を検討した苦心が書かれていることから思い運らすと、當時、心ある士は密かに塡詞に興味をもっていたらしい。

この水原琴窗氏の文章からも、大阪には「近藤南洲─藤本煙津」という塡詞の系譜が存在したことは明らかである。そしてなによりも、水原琴窗氏（一九七四年没）こそ、泊園門下であり塡詞もよくした人物として記憶されるべきであろう。詩集『換巣鸞鳳』（香港：南天書業公司、一九七五年）以外に、詞集『琴窗消魂譜』（紅豆詞寮、一九六二年）、『琴窗詞』（大谷女子大学中国文学教室、一九六六年）が、子息の水原渭江氏によって発行されている。

このように、南岳周辺に脈々と行われていた塡詞であるが、『七香齋吟草』『七香齋吟稿』のどちらにも塡詞の作は無い。おそらく南岳は塡詞の作の手を染めたことはなかったと断言してよいであろう。

四

南岳はなぜ清詩も塡詞も取り入れなかったのであろうか。南岳は泊園書院第二代院主として初代院主、東畡の徂徠学（古文辞学）を継承したのであるから、その詩作も復古主義的傾向を持つことは当然であり、だからこそ南岳は清詩や塡詞という明治期の流行に手を染めることはなかったと考えられる。

しかし、南岳は詩作において決して厳格な復古主義者ではなかった。第一節で略述したように、江戸末期以来の、宋詩、特に陸游詩への愛好は南岳にも見られ、また、第二節で紹介した「白山氏席上聴蓄音器……」詩は蓄音機を詠っており、漢詩というスタイルを通じて明治期新風俗への関心を表明しており、これは明治漢詩によく見られる傾向である。従って、古文辞学派だからという理由だけで、南岳の清詩・塡詞への拒絶の姿勢を説明することはできないと考えられる。

筆者は、南岳の清詩・塡詞への拒絶の姿勢が東京・明治新政府の人々への反発と関係があると考えている。清詩の流行も塡詞の試みもやはり明治期東京の漢詩壇を中心に起こった現象であり、南岳はそれと距離を置いていたからこそ、安易にそれらに手を染めなかったのではなかろうか。

清詩の鼓吹は、森春濤が明治七年に設立した茉莉吟社がその中心であり、特に翌年創刊された漢詩雑誌『新文詩』においてであった。また、『清三家絶句』が刊行されたのは茉莉吟社からである。塡詞が紹介されたのも『新文詩』、および春濤の子、槐南の『新新文詩』においてであり、南岳が拒絶した清詩・塡詞は、森春濤・槐南父子と大いに関係するものだったのである。

そして、森春濤『新文詩』は明治新政府の官僚からの寄稿が多かったことが、前田愛「枕山と春濤――明治初年の漢詩壇――」[4]に指摘されている。川田甕江・巖谷一六・鷲津毅堂・三島中洲・中村敬宇など、『新文詩』に名が見られる明治期を代表する漢詩人はいずれも明治政府の官僚であり、甚だしきに至っては伊藤博文・山県有朋という顕官までが同誌に寄稿しているのである。つまり、明治新政府の高官・官僚の支持を得た茉莉吟社・『新文詩』において、繊細でかつ隠約な詩風を持つ清詩が大いに鼓吹されたのである。本稿第三節において、神田喜一郎「日本における清詩の流行」の一節を引用したが、そこでは明治人の王漁洋（王士禛）への愛好が言及されていた。この点について福井辰彦「明治漢詩と王士禛――『新文詩』所収作品から――」[5]は以下のように述べる。

温雅で、言外の味わいを持つ〈王士禛風〉が、『新文詩』の詩人たちの間で流行したことには必然性があったと考える。彼らの多くは明治新政府の高官であった。幕末・維新の動乱を経て、なお盤石とは言い難い新政府での政務に追われる彼らにとって、詩は余技であり、雅の世界へ精神を遊ばせる営為であったと推察される。そのような人々にとって、右のような効果を持つ〈王士禛風〉の手法は好ましいものであったに違いない。

一方、南岳が明治という時代・東京の新政府に一貫して批判的であったことは、明治五年、泊園門人の松岡健毅・郷純造らが南岳を政府に推薦しようとしたが固辞したこと、その後には、島田篁村らの推薦による（東京帝国）大学への招聘にも応じなかったこと、さらに、明治になっても「舊風を守つて一般の新奇に趨る人情を戒めんとて」[6]髻を存していたこと、などからも明らかである。

本稿は最後に、このような明治新政府側と南岳との関係を示す典型的な例として、以下の漢詩二首を示す。明治二十三年四月の南岳の上京に際し、二十六日には上野不忍池の湖心亭にて南岳を主賓とする宴が催された。出席者は、以下に引く南岳詩の序文（「引」）に示されるように「岡本黄石・松岡康毅・西岡宜軒・三嶋中洲等三十餘人」であり、その際の「三嶋（島）中洲」の詩が石川忠久『三島中洲詩全釈』第二巻（学校法人二松學舍、二〇一〇年）に、南岳の詩が『七香齋詩鈔』に収められている（中洲詩の【通釈】は前掲の『全釈』に拠る）。

三島中洲「二十六日、與諸友人、同燕阪府藤澤南岳於台麓湖心亭、余昔見南岳於其父東畡先生座、時猶垂髫、今則頒白、余老可知也。（二十六日、諸友人と同に阪府の藤澤南岳を台麓の湖心亭に燕す。余 昔 南岳を其の父東畡先生の座に見る。時に猶ほ垂髫なり、今は則ち頒白、余の老いたる、知る可きなり。）」

卌歳再逢傾酒樽　卌歳 再び逢ひて酒樽を傾く
垂髫猶記侍家尊　垂髫 猶ほ記す 家尊に侍るを
櫻花委地暮山寂　櫻花 地に委して暮山寂たり
荷葉出波春水温　荷葉 波を出でて春水温かなり
二代儒宗仰藤氏　二代の儒宗 藤氏を仰ぎ
百年學術奉萓園　百年の學術　萓園を奉ず
愧吾白首成何事　愧づ吾れ白首にして何事をか成せる
避世金門甘素餐　世を金門に避け素餐に甘んず

【通釈】

四十年後に再会して酒杯を傾けるが、垂れ髪姿で父上のかたわらに侍するあなたのことを私はまだ覚えている。桜の花びらは地に散り敷き、暮れ方の山はひっそりとしており、蓮の花は水から出て、春の水は温かくなった。藤澤氏二代にわたり儒者の領袖として仰ぎ、百年に及ぶその学術は徂徠学を奉じた。それに対し、白髪頭になるまで何事も成しえていない自分を恥ずかしく思う。役人勤めを続け、功無くして禄を受けているのだから。

藤澤南岳「湖心亭小集席上賦呈諸友　有引（湖心亭の小集、席上 賦して諸友に呈す　引有り）」

庚寅暮春、余遊東京。東京諸友會于湖心亭、以飲于余。會者則岡本黃石・松岡康毅・西岡宜軒・三嶋中

洲等三十餘人。此日天氣晴朗、興情頓旺（庚寅（明治二三年〈一八九〇〉）暮春、余 東京に遊ぶ。東京の諸友 湖心亭に會し、以て余に飲す。會する者は則ち岡本黄石・松岡康毅・西岡宜軒・三嶋中洲等三十餘人。此の日天氣晴朗、興情 頓に旺（さか）んなり）。

東叡山頭逗夕曛　東叡山頭 夕曛（せきくん） 逗（とど）まり
長酡亭上酒方醺　長酡亭上（ちやうだていじやう） 酒 方に醺（よ）ふ
清池雨霽鳥聲濕　清池 雨 霽（は）れて 鳥聲 濕（ふるほ）ひ
斜塢花飛帘影薰　斜塢（しやを） 花 飛んで 帘影（れんえい） 薰る
故態誰言多白眼　故態 誰か言ふ 多く白眼
舊交此際半青雲　舊交 此（ここ）に際（さい）して 半ば青雲
西園雅集趂芳躅　西園の雅集 芳躅（はうしよく）を趂（お）ふ
應有高才裁妙文　應に高才有りて妙文を裁すべし

【通釈】

上野の東叡山には、夕陽がまだ留まり、長酡亭では集う人々はみな微醺を帯びている。不忍池に降る雨は止み空は晴れているが、鳥の声は雨に湿っているかのごとく聞こえ、池の堤に飛ぶ花は、すだれの影へと落ちて香しい。私のかつての振る舞いは多く人を白眼でもって軽蔑していたと、いったい誰がそう言うのだろうか、私の旧友たちは、いまここに会して、半ばが高位高官となっている。唐土ではかつて蘇軾・黄庭堅・秦観・米芾・晁无咎らが西園に集い雅遊をなしたが、いまこの湖心亭では、この地に集った諸賢が前賢の足跡に思いをはせており、諸賢のなかから優れた才能が現れて高妙な詩文を著すにちがいない。

南岳の詩において注目すべきは、頸聯（第五・六句）である。第五句は、魏の時代、簒奪の野望を見せる司馬氏に与する当時の人々に対して、阮籍が「白眼」を以て相対した故事を用いている。この「白眼」は南岳の明治という時代・東京の新政府に対する態度を示していよう。第五句は「誰言」と疑問形を用いているものの、「白眼」を以て世人に相対していたことを南岳自身が認めていることは疑いを容れない。第六句の「青雲」も、例えば泊園門下であった松岡康毅が東京の新政府で高官の地位にあることを言祝ぐ語と解釈もできようが、この語に込められた南岳の心情は、やはり前句の「白眼」と併せて理解すべきであろう。

この南岳の詩を理解したうえで、もう一度、三島中洲の詩、とくに尾聯「愧吾白首成何事、避世金門甘素餐」を読めば、明治維新という時代的変革により立場を異にすることとなった二人の漢学者、南岳と中洲がそれぞれ抱く複雑な心境もまた、より深く理解できるのではなかろうか。

五

南岳の次子にして泊園書院第四代院主、藤澤黃坡（名は章次郎。一八七六〜一九四八）もまた詩を善くし、『三惜書屋初稿』、『三惜書屋詩稿』を遺した。本節では、日露戦争と関係する黃坡の漢詩について少しく報告をしたい。

泊園書院は明治三十八年（一九〇五）七月、『霜月餘光』と題する漢詩集を発行する。巻頭には近藤元粋（南州）の詩を載せる。

南州近藤元粹「藤澤中尉從征魯軍在滿州、得『飛霜』二句、寄乞補足。余乃作一短古以博粲。（藤澤中尉　魯軍を征するに從ひて滿州に在り、「飛霜」二句を得たり、寄せて補足せんことを乞ふ。余乃ち一短古を作りて以て粲を博せんとす。）」

飛霜壓殘壘　飛霜　殘壘を壓し
缺月未離山　缺月　未だ山を離れず
夜半連營肅　夜半　連營　肅として
兵威震百蠻　兵威　百蠻を震はす
快戰歸來餘勇在　快戰して歸へり來たれば餘勇在り
鼾睡枕戈夢亦閑　鼾睡し戈を枕として夢みるも亦た閑ならん

【通釈】
天より降る霜は、戦いで原型をとどめない土塁を覆い尽くし、欠けた月はまだ山の端に止まっている。夜半、遠くまで続く兵営はみな粛然とし、我が皇軍の威力は百蛮を震え上がらせている。戦いに勝利し陣地まで帰ったとき勇気はまだ有り余るほど。鼾をかきほこを枕として眠って見る夢はさぞかし長閑（のどか）なものだろう。

近藤元粋の詩題からわかるように、藤澤黄坡（章次郎）は陸軍中尉日露戦争に出征して戦地にあるとき、「飛霜壓殘壘、缺月未離山」の二句が浮かび、それを手紙に記して泊園書院に送りこの二句に続けて漢詩を完成させることを請うた。泊園書院はそこで詩会を催して一四〇首を得、刊行したのがこの『霜月餘光』である。

黄坡が戦地で記した「飛霜壓殘壘、缺月未離山」二句は、唐代辺塞詩を髣髴とさせる書法で、とくに「飛霜」の語は唐詩に頻見される語である。例えば、中唐の詩人、張仲素の七絶「秋夜曲」には「秋逼暗蟲通夕響、征衣未寄莫飛霜（秋逼りて　暗蟲　夕べを通じて響き、征衣　未だ寄せざるは飛霜莫きがためなり）」とあるように、出征兵士との連想で「飛霜」の語が用いられている。

黄坡には「從軍行」と楽府題を持つ七絶がある（『三惜書屋初稿』軍旅類）。

「從軍行　次撫山翁韻（從軍行　撫山翁の韻に次す）」
從軍萬里値秋高　　從軍して　萬里　秋の高きに値たり
轉戰追逃氣更豪　　轉戰　追逃　氣　更に豪たり
月下收兵胡已遠　　月下に兵を收めて　胡　已に遠し
笑遠殘壘撫腰刀　　遠き殘壘を笑ひて腰刀を撫す

【通釈】

ロシアとの戦いに従い、はるか万里の彼方まで大地が広がるこの戦場にも秋が到来し空はどこまでも高い。敗走する敵兵を追撃・転戦して我が軍の士気はますます勇ましい。月の照らすなか、敵兵は遠くまで敗走したので我が軍は兵を帰還させた。遠くまで原型をとどめない土塁が続くのを笑いながら眺めやり、腰に差した軍刀を撫でる。

この詩には、前述の『霜月餘光』が作られるきっかけとなった「飛霜壓殘壘、缺月未離山」の「殘壘」が用いられる。この「殘壘」もやはり唐詩のなかで、戦乱により荒廃した国土を象徴する語として出現する。例えば、晩唐の司空曙「賊平後送人北歸（賊平らげられし後　人の北歸するを送る）」に「曉月過殘壘、繁星宿故關（曉月殘壘を過ぎり、繁星　故關に宿る）」とある。

このように、藤澤黄坡の従軍詩は、実戦の経験を詠じた、日本漢詩のなかでは極めて稀な作品であるとともに、その措辞は多くを唐詩に学んでいることを指摘することができる。

注

（1）初出：「漢學會雜誌」、昭和十三年十二月。いま、『明治漢詩文集』（明治文學全集六二、神田喜一郎編、筑摩書房、一九八三年）に拠る。
（2）辻揆一「明治詩壇展望」に「此書は「東京才子絶句」と共に良詩集の一つである」と評価される。
（3）萩原正樹［編］『森川竹磎『詞律大成』本文と解題』（立命館大学文学部人文学研究叢書七、風間書房、二〇一六年）。
（4）初出：一九六八年三月。『前田愛著作集』第一巻、筑摩書房、一九八九年）所収。
（5）『国語国文』第七十五巻第五号、京都大学文学部国語学国文学研究室、二〇〇六年。
（6）石濱純太郎「藤澤南岳」（「關大學報」、一九三六年十月）。

付記　本稿第一～四節は、二〇一六年十月三十日、第五十六回泊園記念講座「泊園書院と漢学・大阪・近代日本の水脈」（於、関西大学）における同題の研究発表をもとにしている。当日の発表では、藤澤南岳「湖心亭小集、席上賦呈諸友」詩（本稿第四節）の解釈について、柴田清継先生より貴重なご教示を賜った。柴田先生にはさらにこの稿をなしたあとも南岳詩の解釈について批正を賜った。記して謝意を表する。

第五節は、二〇一八年一月二十七日、東西学術研究所日本文学研究班研究例会において、「戦争と漢詩―新聞「泊園」所掲の藤澤黄坡作を中心に―」を題する研究発表の一部を原稿化したものである。

十一谷義三郎著作目録稿

関　肇

生前は高い評価を受けたにもかかわらず、没後は顧みられることの少ない文学者の一人に、十一谷義三郎があげられる。

十一谷義三郎は、一八九七（明治30）年十月十四日、神戸市元町に生まれた。第一神戸中学校、京都第三高等学校を経て、一九一九（大正8）年に東京帝国大学英吉利文学科に入学、翌年四月に先輩の三宅幾三郎らと同人雑誌『行路』を創刊し、ほぼ毎号短篇小説を発表している。大学卒業後は、東京府立第一中学校、文化学院などで教鞭を執りながら創作に励み、一九二三（大正12）年三月に第一短篇集『静物』（自然社）を出版、翌年十月に創刊された新感覚派の雑誌『文芸時代』に同人として参加し、第二短編小説集『青草』（一九二五・六、聚芳閣）、長篇小説『生活の花』（一九二七・四、金星堂）などで新進作家としての地歩を確立する。

一九二七年からは創作活動に専念するようになり、翌年十一、十二月に『中央公論』に発表された「唐人お吉――らしやめん創生記――」および「《続》唐人お吉――種播く人と彼女――」が好評を博し、代表作『時の敗者唐人お吉』（一九三〇・二、続篇同・七、新潮社）へと結実していく。それらの成功を転機として、十一谷は広汎な読者に向けた大衆小説的な傾向を強め、『太陽よ！隣人よ！』（「日本小説文庫」前・後篇、一九三二・三、春陽堂）、『神風連』（上・下巻、一九三四・二、中央公論社）などの長篇小説を書きあげたが、一九三七（昭和12）年四月二日、結核のために神奈川県三浦郡大楠町で三十九歳の短い生涯を閉じた。

十一谷義三郎は、遅筆で凝り性な寡作の人として知られ、また彼が文学活動を行ったのは、一九二〇年代から三〇年代半ばにかけての十数年にかぎられている。しかし、その間に残した小説や評論、随筆、翻訳類は決して少なくない。短篇集は七冊（文学全集を除く）をかぞえ、六つの長篇小説を著し、さらに『ちりがみ文章』（一九三四・四、厚生閣）にまとめられる随筆類、英文学に関する著述、ブロンテイ作『ジエィン・エア』（「世界文学全集」第2期第5巻、一九三二・八、新潮社）をはじめとするすぐれた翻訳なども多く手がけている。

横光利一や川端康成と相前後して文壇に登場した十一谷は、しばしば彼らと並び称された。たとえば、「唐人お吉」を『中央公論』に発表した直後の一九二九年一月号の『新潮』には、「横光利一・十一谷義三郎氏の印象――新作家の人と芸術（5）――」という特集が組まれている。そこに川端は「横光と十一谷」を寄せ、「彼等程芸術を信じてゐる者は珍らしい」として、二人を「誰よりも創造的な芸術家」「並々ならぬ芸術上の野心家である」と評している。一方、横光は『現代日本文学全集　第61篇　新興芸術派文学集』（一九三一・四、改造社）の「序」において、中河与一、川端、十一谷の三人の作家は「日本の伝統を生かすことに努力して来た作家であつて、反モダン派ともいへばいへる」と述べ、「伝統を生かすといふことは伝統を古さのままに保存するといふ意味ではなく伝統を新しさの中へ流し込んで更に新しい伝統を造る第一の基礎の役目をすることであ」るとしている。

文壇的な交友を嫌い、学究肌で孤独を愛した十一谷は、新感覚派時代においても斬新で華やかな文体的実験からは距離を置き、やや古風で端正なスタイリストとして、田山花袋が「昭和の鏡花」（「此頃の感想」『中央公論』一九三〇・一）になぞらえたような独自の古典主義的な世界を織り上げていったのである。

十一谷自身の言葉を借りれば、その文学の特徴は、「緩徐調（アンダンテ）なるもの」と捉えることができるだろう。随筆「蝙蝠の感想」（『読売新聞』一九三一・四・一〇～一三）において、彼は「独逸国民の理想主義的傾向」の原型をゲーテの『ウィルヘルム・マイスター』で主人公がたどる修業時代から遍歴時代への長い道のりに求め、「私が、現代の独逸人から受けとる印象は、この理想の線上を、こつこつと緩徐調で歩んでゐる姿だ。彼岸を望みながら、それに到達し得ずに、国民性の緩い歩みを運んでゐる姿だ」、「個人的に沈潜する自己完成意識と、非個人的に行動する社会完成意識と――この二つの意識の交錯と氾濫に喘いでゐる姿だ」と論じているが、「独逸は、私の内にある、「緩徐調なるもの」を実感せしめる」ともあるように、それは十一谷の理想とするところでもあった。

ひたすら「緩徐調なるもの」の理想を追究した十一谷が、自己の文学を未完成のままに生涯を終えることは不可避だったといえるかもしれない。彼の没後まもなく、親友の豊島与志雄と川端康成により全集を出すことが計画されたらしい（「十一谷の全集計画」『読売新聞』一九三七・四・二〇）が、それもまた実現を見ないまま現在に至っている。わずかに主要な短篇小説や代表作の『唐人お吉』が、いくつかのアンソロジーに収録され、その文学の片鱗を示しているにすぎない。そこで、十一谷の全体像をうかがうためには、まず彼の散逸した多くの著述を明かにする必要があると考え、本目録を作成することにした。

なお、本目録には、未見のものや初出が確認できなかったものが含まれ、また遺漏もあると思われる。それらについては、大方のご教示を請うこととしたい。

［凡例］

一、単行本・月刊誌の発行日、巻号は省略した。
二、新聞・雑誌・叢書名は「　」、単行本は『　』で示した。
三、生前の著書（単著）は、書名をゴチック体で示した。
四、短篇集・随筆集・アンソロジーなど複数の著作を収録したものは、そのタイトルを〔　〕内に掲げた。
五、備考は＊を付して示した。
六、改訂版・復刻版などは省略した。
七、本目録の作成にあたり、瀬沼壽雄『十一谷義三郎　書誌と作品』（一九九九・九、京王書林）を参考にした。

〔発表年月〕　〔著作名〕　〔掲載紙誌等〕

一九二〇年（大正9年）
4月　或る経路（「行路」）＊のち「昇天」と改題（『青草』所収）
編輯雑記（「行路」）
5月　不浄（「行路」）
6月　秋へ（「行路」）

7月　兄を救ふ事件（「行路」）
9月　不浄門へ（「行路」）
11月　縁（「行路」）
12月　あきらめ（「行路」）
一九二一年（大正10年）
3月　五月の記憶（「行路」）
5月　次の時代（19、20日「時事新報」）
　　 漰氏の近作長篇『桐畑』論（31日～6月1日「時事新報」）
6月　明るい隅（「行路」）
8月　泥濘（「人間」）
9月　気まぐれ（「行路」）
一九二二年（大正11年）
3月　三月号から（2、7、9、14日「時事新報」）
4月　四月号から（6～9、11～16、18、22、23、26～28、30日「時事新報」）
9月　論理屋の驢馬に（「新潮」）
11月　本年度文壇の諸特徴（「新興文学」）＊アンケート
12月　二つの苦心の作（予が本年発表せる創作に就いて）（「新潮」）
　　 静物（12～22日「東京朝日新聞」夕刊）
一九二三年（大正12年）
1月　叩く（1日「サンデー毎日」）
　　 私の言葉（14日「サンデー毎日」）

3月　創作月評（三月）（『文芸年鑑』大正十一年度、二松堂書店）
4月　言葉（「文芸春秋」）
　『**静物**』（自然社）〔静物、五月の記憶、泥濘、手管、緑、叩く、昇天〕
5月　世紀・林檎・芸術（11、12日「東京朝日新聞」）
6月　六月の話（「新潮」）＊のち「B」と改題（『青草』所収）
7月　花束（「文芸春秋」）
8月　天国（「新思潮」）
9月　人生に於ける恋愛の位置（「婦人公論」）
　蒼い微笑（「太陽」）
11月　バッカス誕生（22、24日「時事新報」）

一九二四年（大正13年）

1月　私の本年の希望と計画（「文章倶楽部」）＊アンケート
　考察二三（17〜19日「時事新報」）
　お辞儀をして別れる――大正十二年の自作を回顧して――（「新潮」）
　遊戯――MADRIDにあるP夫人へ――（「我観」）
2月　空に描く言葉（24日「都新聞」）
　嘘の上に（「婦人公論」）
4月　花束（文芸春秋社編『創作春秋』、高陽社）
5月　離れがたない東京　趣味の生活と親しみ（「婦人公論」）

6月
無花果（20日「週刊朝日」）
幽霊（一幕）（「婦女界」）
現代名家の十書選（11）古今内外の名著を厳選して（27日「読売新聞」）＊アンケート
8月
躄（いざり）（「文壇」）
須賀断片（「婦人公論」）
日輪に近づく（「婦人之友」）
阿呆姉輪其他（「新演芸」）
9月
良心（「文芸春秋」）
黄雀風雑感（22日「東京日日新聞」）
10月
作家の世界（「文芸時代」）＊のち「作家の自由」と改題（『ちりがみ文章』所収）
胸中花（「明星」）
11月
黒・白・散歩（「婦人之友」）
12月
青草（「文芸時代」）
影像（「新小説」）
生活が駄目（予が本年発表せる創作に就いて）（「新潮」）

一九二五年（大正14年）

1月
退屈時代（「文学界」）
わがこと二三（「文芸春秋」）
一エゴテイスト（「文章倶楽部」）

談話交換会　『家庭』についての雑談（「婦人公論」）＊座談会〔出席者〕沖野岩三郎、豊島与志雄、村松梢風、十一谷義三郎、羽太鋭治、長谷川伸、三上於菟吉、島中雄作

2月　近頃断片（「文芸時代」）＊のち「新感覚派断片」と改題（『ちりがみ文章』所収）

3月　一杯（「女性」）

4月　生活から（「文芸時代」）

動かぬ神経（「文芸春秋」）

素描・林檎・言葉（「文学界」）

陽春の創作壇　あるべきもの（7〜9日「東京朝日新聞」）

5月　冷い握手（「新小説」）

恋愛以下の男（「主婦倶楽部」）

六篇印象（「婦人公論」）

人物評論㈤　宮本百合子女史　六篇印象（「婦人公論」）

序文など（30日「時事新報」）

6月　春（「文芸春秋」）

美徳（「文芸時代」）

現象二三（10日「万朝報」）

『青草』（聚芳閣）〔青草、鼉、須賀断片、花束、昇天、一杯、B、春、静物、無花果、影像、五月の記憶、恋愛以下の男、泥濘、美徳、遊戯、冷い握手〕

7月 戯訳「日本」（「明星」）
緑蔭一話 旋毛とモオラン（11日「東京朝日新聞」）
9月 「怪物」正成（「文芸春秋」）
つれづれ談叢（「文芸時代」）
「心中流行」の新時代的考察(二) 情死後思（「婦人公論」）
文壇の進展を観る（9）佐藤春夫氏の匠気（11日「東京朝日新聞」）
文芸手録（11、12日「時事新報」）
一点一評 中川氏の『裸像』（24日「東京朝日新聞」）
10月 白樺になる男（「女性」）
風騒ぐ（「文芸時代」）
つれづれ談叢（「新小説」）
処女作を発表する迄――友達の感化から（「文章倶楽部」）＊記者との一問一答
12月 鵞鳥の卵子（「キング」）
思無邪矣（私が本年発表した創作に就いて）（「新潮」）
本年度の収穫として推奨すべき小説、戯曲及映画（「女性」）＊アンケート
籠居雑記――「抜ける」といふ事其他（20日「文芸時報」）
白樺になる男（辰野隆・山本有三・豊島与志雄・山田珠樹編『白葡萄』所収、春陽堂）

一九二六年（大正15・昭和元年）

1月 大正十五年の文壇及び劇壇に就て語る」（「新潮」）＊アンケート

2月　諸名士の雑誌新年号観（「不同調」）＊アンケート
3月　紅毛平文先生（「文芸春秋」）随筆
態度と態度（「文芸時代」）
文体の考察（「不同調」）
天上記（「辻馬車」）
4月　喜劇小感（「演劇改造」）
5月　澄んだ三宅（「文芸時代」）
随筆とエッセイの考察（14〜16日「読売新聞」）
小泉八雲著『東西文学評論』（聚芳閣）＊三宅幾三郎との共訳
7月　ガラスの眼と近眼のヘルン（「随筆」）
9月　J氏像（「文芸春秋」）
10月　盲嬌（「女性」）
生活の花（22日〜一九二七（昭和2）年2月19日「福岡日日新聞」）
11月　私の此頃の生活（「文章倶楽部」）＊アンケート
12月　印象雑記（24、25日「読売新聞」）

一九二七年（昭和2年）
1月　父と父（「太陽」）
眼（「文芸時代」）
アダム前書（「文芸公論」）

2月
私の余技 娯楽に就ての趣味（「文章倶楽部」）＊アンケート
兄を救ふ事件（「文芸時代」）
「行路」当時のこと（「文芸時代」）
官業放送（「文芸春秋」）

3月
一夜――一幕――（「文芸春秋」）
作者の社会的地位（「文芸時代」）
金の蝙蝠の一生（「手帖」）
ゐざり天上（「若草」）

4月
意地（「太陽」）
芽の出ぬ男（「女性」）
作家の自由に就いて（「新潮」）
太陽と意地（「手帖」）
帝文印象記――溢れてゐる潑溂とした生気――（4日「帝国大学新聞」）
芸術の進化と創造――小説の人気に就いての考察――（14日「文芸時報」）
『生活の花』（金星堂）

5月
誰も知らない――A Storiette――（「文芸公論」）
煙（「不同調」）
木の芽立――A Farce――（「文芸時代」）

6月
印象片々（岸田国士論）（「文芸時代」）
川端康成「梅の雄蘂」（「文芸時代」）
吐捨（「手帖」）
眼（文芸家協会編『日本小説集 昭和二年版』、新潮社）
蝶々（「文芸公論」）
8月
好厭一束（「手帖」）
雑談文章（「文芸公論」）
風羅記（「文章倶楽部」）
9月
心の夕月（「女性」）
虚を描く人（「手帖」）
季節の耳（「婦人世界」）
友に寄せる（「創作時代」）
10月
旅の手帖（「手帖」）
現代活躍せる論客に対する一人一評録（「随筆」）
私の好きな作中の女性（「文章倶楽部」）＊アンケート
11月
鼻緒作りの兄と弟（「太陽」）
愛書つれづれ（「新潮」）
佐藤春夫氏との思想、芸術問答――第五十二回新潮合評会――（「新潮」）＊〔出席者〕佐藤

春夫、片岡鉄兵、十一谷義三郎、大鹿卓、川端康成、大宅壮一、楢崎勤

12月　秋天に呟く（7日「帝国大学新聞」）＊のち「サアカスに語る」と改題（『ちりがみ文章』所収）
天高うして——（私が本年発表した創作に就いて）（「新潮」）
評壇に望む——昭和二年を顧みて（19日「帝国大学新聞」）

一九二八年（昭和3年）

1月　跫音（～2月「太陽」）
本年（昭和三年）の計画・希望など（「文章倶楽部」）＊アンケート
好ましい女（「婦人公論」）＊アンケート
雑想採録（「創作時代」）

2月　灯と唾（「中央公論」）
人間雑評（「文芸春秋」）
太陽の休刊など（5日「読売新聞」）

4月　街の犬（「女性」）
第七天国（「創作時代」）
片思ひ物語　なかぞらに（「婦人公論」）
痴花一片（「婦人世界」）
ローザの手紙（30日「帝国大学新聞」）

5月　意地（文芸家協会編『日本小説集　昭和三年版』、新潮社）

6月　凪に帽子が——（「文章倶楽部」）

7月　仕立屋マリ子の半生（「中央公論」）

あの道この道（「文芸春秋」）

労生日録――ある日の日記（「新潮」）

国家の文芸家表彰に就て（「新潮」）＊アンケート

8月　将棋（「文芸春秋」）＊座談会〔出席者〕土居市太郎、木村義雄、萩原淳、佐佐木茂索、十一谷義三郎、近藤経一、菊池寛

9月　文芸時評（「新潮」）＊のち「漫読雑志・上」と改題（『ちりがみ文章』所収）

10月　家の記憶（「創作月刊」）

創作界の現状を論ずるの会――第六十三回新潮合評会――（「新潮」）＊〔出席者〕新居格、片岡鉄兵、浅原六朗、十一谷義三郎、勝本清一郎、大宅壮一、中村武羅夫

11月　唐人お吉――らしやめん創生記――（「中央公論」）

白粉花の窓（「若草」）

労生覚え帖（20～22日「時事新報」）

文壇文学雑想（28、29日「東京日日新聞」）

12月　《続》唐人お吉――種播く人と彼女――（「中央公論」）

目標だけは（私が本年発表した創作に就いて）（「新潮」）

一九二九年（昭和4年）

1月　**『唐人お吉』**（萬里閣）＊村松春水「唐人お吉」を併載

3月　古臭い感傷（「若草」）

4月　或る男に就いて（「文章倶楽部」）
TELEVISION 僕らしく（「近代生活」）
5月　唐人お吉を描いた動機――世評逆転が何より満足――（2日「文芸時報」）
傾向に面して（14～16日「読売新聞」）
仕立屋マリ子の半生――あるシノプシス――（文芸家協会編『日本小説集 昭和四年版』、新潮社）
『あの道この道』（創元社）〔あの道この道、街の犬、白樺になる男、父と父、灯と唾、芽の出ぬ男、意地、盲嬌、風騒ぐ、心の夕月、眼、仕立屋マリ子の半生、跫音〕
6月　顔（「婦人倶楽部」）
時の敗者 作者の言葉（27日「東京朝日新聞」夕刊）
時の敗者 唐人お吉（29日～10月6日「東京朝日新聞」夕刊）
7月　街の斧博士（「中央公論」）
アンダスン「細君もう一人」（「世界文学全集」第36巻『近代短篇小説集』、新潮社）＊翻訳
8月　一つ手前（「若草」）
街の斧博士（続編）（「中央公論」）
12月　感懐帖雑抄（2日「帝国大学新聞」）

一九三〇年（昭和5年）
1月　権利（「朝日」）
唐人お吉第三春（「文芸春秋」）

迎春なんせんす（5日「サンデー毎日」）
お吉手帖から（24、25日「読売新聞」）
序文（藤原悟『詩集りんどう集』所収、朝和書房）
『十一谷義三郎集』（「新進傑作小説全集」第6巻、平凡社）（生活の花、街の犬、盲嬌、白樺になる男、仕立屋マリ子の半生、アダム前書、美徳、花束、青草）
自伝抄（『十一谷義三郎集』附録、「新進傑作小説全集」第6巻月報6、平凡社）

2月

キャベツの倫理（「改造」）
露西亜のパラソル（「キング」）
選挙に当つて吾等は斯の如き政党或ひは人物を支持す(7)（2日「読売新聞」）＊アンケート
感懐帖雑抄（7日「北海タイムス」）
作家の選挙観戦記⒀円殺普選（13日「都新聞」）
『時の敗者　唐人お吉』（新潮社）

3月

あめりか男爵の思案（「朝日」）
腹芸の人（「演芸画報」）
二二んがゼロ（20日「サンデー毎日」）
時の敗者——唐人お吉【続篇】——作者の言葉（28日「東京朝日新聞」夕刊）
時の敗者——唐人お吉【続篇】——（29日〜6月4日「東京朝日新聞」夕刊）

4月

自己を語る（「文学時代」）

5月　大衆文学の性質（3日「文芸時報」）
跋（村松春水『実話唐人お吉』、平凡社）
あめりか男爵のひと花（「朝日」）
道は一つだ（5日「帝国大学新聞」）

6月　岩の顔（「キング」）
常識の創造を（「文学時代」）
唐人お吉の映画化（「映画時代」）
『キャベツの倫理』（「新興芸術派叢書」第17編、新潮社）〔街の斧博士、キャベツの倫理、風騒ぐ、心の夕月、B、昇天、花束、美徳、あの道この道〕

7月　馬・女・あめりか男爵（「朝日」）
ちかごろ侘し記（「作品」）
世紀のヴァリエテ（1日「週刊朝日」）
『時の敗者　唐人お吉　続篇』（新潮社）

8月　孤独餓鬼の微笑（15、16日「読売新聞」）

9月　作家の世界（「改造」）

10月　近代愛恋帖（モダン・デカメロン）（〜一九三一（昭和6）年2月「婦人公論」）
太陽よ！隣人よ！（23日〜一九三一（昭和6）年6月6日「福岡日日新聞」）

11月　自動幻画のチラシ（「文芸春秋」）

痩せる法肥える法座談会（「文芸春秋」）＊〔出席者〕永井潜、藤巻良知、吉田章信、大森賢太、大谷秀正、久保田万太郎、十一谷義三郎、近藤経一、鈴木氏亭、斎藤龍太郎

12月　忘れぬ顔（「婦人公論」）

一九三一年（昭和6年）

1月　唐人お吉――時の敗者――（～2、4月「婦人世界」）

文学日録（「改造」）

2月　みなしご昇天（「少女倶楽部」）

唐人お吉（英訳）（8日～4月26日「週刊朝日」）＊尚紅蓮訳

3月　笑ふ女（～4、7～9月「朝日」）

4月　巷説神風連（1日「週刊朝日」）

十一谷義三郎集（「現代日本文学全集」第61篇『新興芸術派文学集』、改造社）〔序詞（筆蹟）、唐人お吉、時の敗者唐人お吉、時の敗者唐人お吉（続篇）、年譜〕

5月　悪（「改造」）

6月　笑ふ男（一）～（十八）（21日～10月25日「週刊朝日」）

『近代愛恋帖（モダン・デカメロン）』（四六書院）〔一　近代愛恋帖、二　み、づく新聞、三　あめりか男爵の思案〕

7月　紅雀（「家庭」）

街談一章（13日「帝国大学新聞」）

8月　ピッパの出船（「少女倶楽部」）

ブロンテイ著『ジエィン・エア』（「世界文学全集」第2期第5巻、新潮社）＊「解説」お

よび翻訳

10月 えと・せてら――あめりか二人男――（「改造」）
ラモン抄（「サロン」）＊『ちりがみ文章』所収
『夢を孕む女』（「サロン」）＊山田一夫創作集『夢を孕む女』広告文
11月 ラフカディオ・ヘルン著『東西文学評論』（「岩波文庫」786－788、岩波書店）＊三宅幾三郎との共訳（序文・第三、四編を十一谷義三郎訳）、「訳者小言」（十一谷義三郎）

一九三二年（昭和7年）

1月 通百丁目（「改造」）
長屋の英雄（「現代」）
おなつ雨（「オール読物」）
春の明ける家（「婦人公論」）
『唐人お吉』（「日本小説文庫」16、春陽堂）
『時の敗者　唐人お吉　続篇』（「日本小説文庫」17、春陽堂）＊『時の敗者』正篇・続篇を収録
十一谷義三郎篇（「明治大正文学全集」第55巻『現代作家篇』、春陽堂）〔あの道この道、街の犬〕
2月 バット馬鹿の告白（「中央公論」）
春宵読本（21日「サンデー毎日」）
3月 白い帽子――ある××狙撃事件――（「犯罪公論」）
ある女の告白（20日「週刊朝日」）

文章を語る（十）文は人なり——文章を書く態度其他（31日「帝国大学新聞」）
『笑ふ男・笑ふ女』（白水社）〔笑ふ男、笑ふ女〕
『太陽よ！隣人よ！』（前篇・後篇、「日本小説文庫」59・60、春陽堂）

4月　拳闘やくざ文章（「改造」）
燭明抄（「若草」）
をんな心の青い空（「婦人世界」）
蝙蝠の感想（10、12、13日「読売新聞」）
悪魔の記憶（発表紙誌未詳）＊『ちりがみ文章』所収
女囚（発表紙誌未詳）＊『十一谷義三郎　書誌と作品』「補遺」に記載

5月　ちぐはぐ兵談（「文芸春秋」）
あ・ら・ふあつしよ（「日本国民」）
書物つれづれ（「東京堂月報」）

6月　サーカスに語る（2、3日「読売新聞」）

7月　牛殺し権六氏兄弟（～8月「改造」）
夏の夜情景（「日本国民」）
オールスター訪問　拳闘通【五】十一谷義三郎氏は語る（9日「読売新聞」）＊談話

8月　太平洋上の奇談　難破船の犬（「少年倶楽部」）

9月　心中（「文芸春秋」）

10月 神風連（1日〜一九三四（昭和9）年3月5日「福岡日日新聞」夕刊）
『生き行く力としての文学』（23日「東京朝日新聞」）＊書評
11月 文学問答（「改造」）
文学日録（文芸家協会編『文芸年鑑 1932年版』、改造社）
シェークスピアの秋（「婦人公論」）＊坪内逍遥訳『新修シェークスピア全集』推薦の辞
文芸時評（2〜5日「東京朝日新聞」）＊「漫読雑志・下」と改題（『ちりがみ文章』所収）
12月 『唐人お吉』（「改造文庫」第二部第207篇、改造社）
百万弗を怖れる男（「現代」）
『時の敗者 唐人お吉』（「改造文庫」第二部第208篇、改造社）＊続篇も収録

一九三三年（昭和8年）

1月 獣心ステップ（「現代」）
元日の妄想（「婦人世界」）
夜の宿（2日「サンデー毎日」）
『笑ふ男・笑ふ女』（「改造文庫」第二部第209篇、改造社）（笑ふ男、笑ふ女）
4月 今日の知識 今日及明日の文学と読者（21日「東京朝日新聞」）
6月 街に芽ぐむ（〜一九三四（昭和9）年1月、同3〜10月、同12月〜一九三五（昭和10）年1月「現代」）
7月 彼女万歳（「経済往来」夏季増刊『新作三十三人集』）
8月 ちりがみ文章（発表紙誌未詳）＊『ちりがみ文章』所収

一九三四年（昭和9年）

11月　きのふけふ（「文学界」）

2月　現在における文芸上の我立場・主張（「文芸」）＊アンケート

4月　『神風連』（上・下巻、中央公論社）

『ちりがみ文章』（厚生閣）〔作家の世界、文学日録、燭明抄、文学問答、作家の自由、新感覚派断片、生活から、作者の社会的地位、えと・せてら、蝙蝠の感想、あ・ら・ふあつしよ、随筆とエッセイの考察、サアカスに語る、漫読雑志上、漫読雑志下、生き行く力としての文学、澄んだ三宅、谷崎潤一郎小論、バット馬鹿の告白、自己を語る、孤独餓鬼の微笑、ちかごろ佗し記、態度と態度、春の明ける家、忘れぬ顔、ちりがみ文章、拳闘やくざ文章、ちぐはぐ兵談、或る男、悪魔の記憶、街談一章、元日の妄想、自動幻画のチラシ、つれづれ談叢、春宵読本、心中、書物つれづれ、ラモン抄〕

谷崎潤一郎論（「日本文学講座」第12巻『明治大正篇』、改造社）

5月　ちりがみ筆記（「俳句研究」）

熊本の顔（「オール読物」）

『通百丁目』（「文芸復興叢書」第15、改造社）〔悪、牛殺し権六氏兄弟、百万弗を怖れる男、通百丁目、街の斧博士、長屋の英雄、白樺になる男、灯と唾〕

佐藤春夫の文章（前本一男編『日本現代文章講座』第8巻 鑑賞篇、厚生閣）

7月　『英文学の知識』（「万有知識文庫」第36、非凡閣）

8月　事実と創作（前本一男編『日本現代文章講座』第1巻 原理篇、厚生閣）

E・J・ハーディ著『恋愛清談』（改造社）＊翻訳

9月　人間なれば（10日「サンデー毎日」）
　　C・ブロンティの『ジェィン・エア』（『英語英文学講座』第16回配本）
11月　熊本の顔（「オール読物」）
　　ちりがみ筆記　冷害地帯（19日「福岡日日新聞」）
　　二通話で聴く作者の言葉　十一谷氏を電話で訪問（21日「東京朝日新聞」）＊電話インタビュー
12月　庭鳥（「現代」）

一九三五年（昭和10年）
1月　開花ちりがみ図絵（〜8月「オール読物」）
2月　強きものよ！（「婦人倶楽部」）
4月　ぎんざ・ぱらるうん（「改造」）
7月　ゆとぴあ聞見記（「中央公論」）
8月　街談源内（「中央公論」）
10月　あど・ばるうん（および12月「改造」）
　　癡者（「中央公論」）
　　白樺になる男（中央公論社編『中央公論社五十周年記念　文壇出世作全集』、中央公論社）
12月　いろざんげ（「書窓」）

一九三六年（昭和11年）
1月　近頃きんきんなつす——独裁者について——（「改造」）
2月　炎える女（「オール読物」）

鳥の望楼から（「文芸」）
死族とべにの花（2日「サンデー毎日」）
『現代随筆全集』第4巻（金星堂）〔ゆとぴあ聞見記、ぎんざ・ぱらるうん〕

3月　鳥の望楼から（2）──免許証の要らぬダット・サンで輪郭を走る──（「文芸」）

4月　『昭和随筆集』第2巻（文芸家協会編、日本学芸社）〔文学日録、バット馬鹿の告白〕

5月　花より外に（27日～6月25日「東京朝日新聞」「大阪朝日新聞」）

7月　十一谷義三郎氏から（3日「読売新聞」）＊書簡
わが重荷　肉身無限難　いっそ自叙伝に（21日「読売新聞」）

9月　『世界短篇傑作全集1英米短篇集』（河出書房）＊編集、解題「英米の短篇小説」（阿部知二との共同執筆）およびダ・クキンシ「復讐者」を翻訳

12月　『あど・ばるうん』（改造社）〔あど・ばるうん、紅雀、ゆとぴあ聞見記、人間なれば、おなつ雨、幻住記、奇蹟、炎える女、花より外に〕

一九三七年（昭和12年）

1月　ヘルン著『善人の書』（「人生叢書」第9編、金星堂）＊編集、「ヘルン小伝」および翻訳

3月　D・H・ロレンス『アーロンの杖』（「ロレンス全集」第7巻、三笠書房）＊崎山正毅との共訳

5月　『ジエイン・エア』（上巻、「新潮文庫」第240編、新潮社）

7月　囚人──未発表遺稿（「文芸」）
『ジエイン・エア』（下巻、「新潮文庫」第241編、新潮社）

9月　美しい犠牲者の嘆き（高須芳次郎編『名文鑑賞読本　昭和時代』、厚生閣）＊『時の敗者　唐

人お吉』続篇の一節
『開花ちりがみ図絵』（「日本小説文庫」447、春陽堂）

一九三八年（昭和13年） 2月 『街に芽ぐむ』（「日本小説文庫」446、春陽堂）

一九四六年（昭和21年） 11月 須賀断片（『現代珠玉集』第1輯、鳳文書林）

一九四七年（昭和22年） 9月 ブロンティ『ジエイン・エア』（上・下巻、「新選世界文学集」、大泉書店）＊翻訳

一九四八年（昭和23年） 8月 白樺になる男（広津和郎等編『現代文学代表作全集』第2巻、万里閣）

一九五〇年（昭和25年） 3月 唐人お吉――らしやめん創世記――（日本近代文学研究会編『現代日本小説大系 第44巻 モダニズム2』、河出書房）

6月 シャロット・ブロンテ『シャロット・ブロンテ集』（「世界文学全集」第1期第16 十九世紀篇、河出書房）＊翻訳

一九五二年（昭和27年） 10月 シャロット・ブロンテ『ジェイン・エア』（「世界文学全集学生版」、河出書房）＊翻訳

一九五四年（昭和29年） 1月 シャロット・ブロンテ「ジェイン・エア」（「世界文学全集」第1期第5『嵐ケ丘 ジェイン・エア』、河出書房）＊翻訳

一九五六年（昭和31年） 7月 『十一谷義三郎 田畑修一郎 北条民雄 中島敦集』（「現代日本文学全集」第79巻、筑摩書房）（静物、昇天、花束、B、青草、白樺になる男、あの道この道、仕立屋マリ子の半生、芽の出

ぬ男、唐人お吉）

一九五七年（昭和32年）　10月　唐人お吉――らしやめん創世記――（日本近代文学研究会編「現代日本小説大系」第46巻『モダニズム第2』、河出書房）

4月　『一つの芽生』その他（本多秋五編『宮本百合子研究』、新潮社）

一九六四年（昭和39年）　12月　青草（「日本文学全集」第71巻『名作集　第3　昭和篇　上』、新潮社）

一九六七年（昭和42年）　9月　『現代名作集　上』（「日本文学全集」第49巻、新潮社）

一九六八年（昭和43年）　2月　静物（「現代文学大系」第64巻『現代名作集㈡』、筑摩書房）

10月　『新感覚派文学集』（「日本現代文学全集」第67巻、講談社）（静物、花束、青草、白樺になる男、風騒ぐ、あの道この道、仕立屋マリ子の半生）

一九六九年（昭和44年）　10月　『十一谷義三郎　梶井基次郎　北条民雄　島尾敏雄』（臼井吉見編「日本短篇文学全集」第35巻、筑摩書房）（静物、白樺になる男、街の犬）

一九七〇年（昭和45年）　1月　青草（「日本文学全集」第88巻『名作集　第3』、集英社）

9月　あの道この道（「日本の文学」第79巻『名作集　第3』、中央公論社）

一九七三年（昭和48年）　4月　『牧野信一　稲垣足穂　十一谷義三郎　犬養健　中河与一　今東光集』（「現代日本文学大系」第62巻、筑摩書房）（静物、青草、白樺になる男、唐人お吉）

一九八七年（昭和62年）　9月　［大正昭和浪漫小説再読⑵］白樺になる男（「季刊銀花」）

一九九〇年（平成2年） 5月 白樺になる男（川本三郎編「モダン都市文学」第5巻『観光と乗物』、平凡社）

一九九四年（平成6年） 12月 唐人お吉（「ふるさと文学館」第26巻、藤沢全編『静岡』、ぎょうせい）

二〇〇〇年（平成12年） 3月 『十一谷義三郎五篇』（「EDI叢書」2、保昌正夫編、エディトリアルデザイン研究所）
〔兄を救ふ事件、眼、おなつ雨、バット馬鹿の告白、癮者〕

二〇一五年（平成27年） 1月 難破船の犬（「講談社文芸文庫」こJ37『少年倶楽部』熱血・痛快・時代短篇選』、講談社）

一九二〇年代〜三〇年代の大阪文化・文学研究
——『大阪時事新報』文化関連記事を視座として——

増田周子

はじめに

『大阪時事新報』は、福澤諭吉ら慶応義塾関係者らによって明治十五（一八八二）年三月一日に創刊された『時事新報』が母胎となって誕生した新聞である。『大阪時事新報』は、時事新報社が明治三十八（一九〇五）年三月十五日に大阪に進出し、大阪市東区高麗橋三丁目一番地にて創刊された。『時事新報』が大阪に進出した理由は、岡本光三編『日本新聞百年史』[1]によると、「『関西にも時事新報を発展させよ』という、明治の先覚者福沢諭吉翁の遺言を生かし」と述べているが、流言かもしれずはっきりした理由は不明だという。[2]ただ、『時事新報』の発刊当時から「大阪営業所は設立されていた」[3]ので、『時事新報』の大阪販売ルートには力を入れていたようだ。その後、『大阪時事新報』は何度も合併や独立を繰り返した。そうして昭和十七（一九四二）年五月一日、前田久吉氏の『夕刊大阪新聞』と合併し、『大阪新聞』となり終刊を遂げる。ただ明治、大正、昭和の激動の時代に、紆余曲折を経ながらも、『大阪時事新報』は、長きにわたり生き残り、多くの記事を発信していた。

本稿では、『大阪時事新報』の文化関連記事を手掛かりとしながら、一九二〇年代〜三〇年代の大阪における文化状況についての様相を考察していきたい。なお『時事新報』、『大阪時事新報』にもまとまった社史がないため『大阪時事新報』の研究は、はなはだ困難である。また、『時事新報』の文化関連記事に関する先行研究も、大正期全てを網羅している細目と詳細な「解説」を附した、池内輝雄『時事新報目録文芸篇　大正期』（平成十六年十二月、八木書店）の御高著しかない。『大阪時事新報』については、拙編著『大阪時事新報記事目録　文芸と映画編　昭和Ⅰ』（平成二十三年三月、関西大学出版部）のみが、大正十四年〜昭和五年の大阪時事新報の文芸と映画の記事の目録と簡単な「解説」を記しているだけである。

このような状況ではあるが、複雑な経緯を経ながらも、七十年近くも続いた新聞の内容を見ていくことは、これまで知らなかった関西の様相をあぶり出すことになると考えられる。本稿では特に大阪文化の様子に主眼をおいて考察していきたい。

一　『大阪時事新報』の成立と一九三〇年代初期頃までの経営の状況

さて、『大阪時事新報』の大正から昭和初期の文化関係記事についてみていく前に『大阪時事新報』の成立について述べたい。『大阪時事新報』は、先にも述べたように、明治三十八（一九〇五）年三月十五日に大阪市東区高麗橋三丁目一番地より創刊された。その創刊の由来については次の如くある。

大阪朝日新聞社既に東京に逆襲して東京新聞を創刊するや、東都の新聞紙中豈に一矢相酬ゆるの気概あるものなからんや、勢力及び信用の点に於て第一流の名のある時事新報は、明治三十八年三月十五日を以て其分身とも称すべき大阪時事新報を創立せり、先是大阪の新聞中には程々の情実に纏綿せられて、忌憚なく実業界の真相を報ずる能はす、其弊害殆ど底止する所を知らざらんとするものあり、是れ不羈独立を旨とする時事新報より見て、最も乗ずべきの機会たりしと共に、其作戦計画は一々奇効を奏して「大阪時事」の名は間もなく関西の同業界に鳴動し、創立後別に経営難を感ずることなくして、漸次今日の盛況を見るに至れり[4]

『時事新報』創刊号の「時事新報発兌の趣旨」には、我々は「所謂政党なるものに非ざればなり」として、「独立不羈」の精神が掲げられ、「政も語るべし学事も論ず可し、工業商売に道徳経済に、凡そ人間社会の安寧を助けて幸福を進む可き件々は、これを紙に記して洩らすなきを勉む可し」と記されているが、『大阪時事新報』でも、個人の自由を重んじる精神を継承していた。さらに次の如くある。

同紙発刊以来本社務経営の衝に当れるは、多年時事新報に在りて老練の名のある高見亀、堀勘一の諸氏にして、堀氏は同社の代表となり、高見氏は主筆として編輯を主宰するの外一般社務に執掌す。[5]

代表であり、主に経営にあたったのは、堀勘一で、編集の中心人物は高見亀であったようだ。『神戸新聞七十年史』によると、「『大阪時事新報』は日露戦争を好機として高見亀が東京の『時事新報』の分身として創刊した」[6]ともある。いかにも、高見亀や堀勘一が独立して『大阪時事新報』を創刊したように見えるが、実際には、明治二十九（一八九六）年一月から丸三十年間社長を務めた[7]福澤捨次郎の影響も強かったようだ。明治三十四（一九〇一）年二月三日に脳溢血で逝去した福沢諭吉の後、福澤捨次郎は益々社内でも力を持つようになっていった。『時事新報』は、福澤捨次郎の肝入りで次のように改革していく。

30年9月、創刊5000号を迎えた前後から、捨次郎は米国仕込みの事業家、アイデアマンとしての能力を発揮し始めた。30年4月、先に報告した米国ロイター通信との専属契約を結び海外ニュースを独占した。32年1月から日曜休刊を廃止して年中無休の新聞とした。（中略）案内広告の開発と常設、北澤楽天による時事漫画の連載、大相撲優勝力士へ写真額贈呈、美人コンテスト……等々、編集、広告、販売、事業などで次々と新しい企画を実行した。おかげで部数は順調に伸び、38年には英国から1時間48000部の印刷能力を持つ最新鋭輪転機を購入。39年には発行部数5万部に達し、日本一を誇っていたと思われる。[8]

すなわち『時事新報』は福澤捨次郎の経営方針で順調に部数を拡大していき売り上げを伸ばしていた。五万部に達する一年前の明治三十八（一九〇五）年三月十五日大阪に進出し『大阪時事新報』は創刊されたのである。『大阪時事新報』は、明治四十一（一九〇八）年十月には、「朝夕二回の発行となし」[9]、大阪発の夕刊の始まりとなった。「全国でもはじめて地方付録を本紙に組み込んだ地方版の発行するなど、盛んに積極策をとった。しかし部数は伸びず『大阪朝日新聞』『大阪毎日新聞』の牙城を崩すにはいたらなかった」[10]といわれる。岩井肇著『新聞と新聞人』の「福沢諭吉と時事新聞　福澤捨次郎の輝ける新構想」では、福澤捨次郎と『大阪時事新報』について次のように記している。

彼が東京において、一時期とはいえ、「日本一」の時事新報を作ったことは、一つの成功であったに相違ないが、その成功の図に乗って、明治三十八年（一九〇五年）大阪への進出を企図し、「大阪時事新報」を創刊したのはこれは彼の大失敗だといわれる。東京本社で稼いだ利益をあげて大阪で消費してしまったからである。大阪の損失を東京から貢いだ金額は相当なものであった。大阪時事新報は結局没落したのであるが、東京本社がその影響をうけぬ筈はない。[11]

また、板倉卓三も「『大阪時事新報』を創刊したのは、疑いもなく彼の大失敗であった」[12]と言う。福澤捨次郎の経営方針は大阪ではうまくいかなかったようだ。「当時大阪では、朝日と毎日の販売戦争が熾烈を極めており『時事新報の進出は歓迎されなかった』（昭和38年、大阪市・岡島新聞舗、故岡島真蔵談）という。新聞乱売合戦の波にもまれ、『時事新報』は赤字を垂れ流し続けた。これを東京から補填していたため、時事本社の経営が圧迫された」[13]のであった。『大阪時事新報社』の高麗橋の本社は、大正二（一九一三）年に、大阪市北区曽根崎上四丁目二三三番地に移転された。平田万里遠は、『大阪時事新報』の「デシジョンは捨次郎によってなされたことは疑うべくもない。そして、その後の役員交替などを見ると、高見が大正五年比較的若く死んだという事情はあるが、むしろ堀勘一が主体的に経営責任を委せられていたようにみられる。すなわち東西両『時事新報』は、いわゆる親会社と子会社の関係にあり、ふところはどんぶり勘定であったとみるべきである。[14]」と述べている。伊藤正徳も『新聞生活二十年』の中で、大正九年に時事新報社が株式会社となった頃のことを次の如く記す。

> 新株第一回払込の殆ど全部は、大阪時事の復興の為に投ぜられた。日日、朝日は大阪で儲けて東か京に貢ぐのに反し、時事は大阪で損して東京から毎月送金する実情で、これでは道楽息子が親を食ひ潰すに等しいから、先づ大阪を自給自足の基準まで引き上げようとしたのだ。之も一策ではあつたらうが、是れ亦時既に遅かつたのだ。大阪二大新聞の不抜の地は夙に確立され、一千万円を以てするもそれを侵すことは困難なのであつた。況んや、東京から人物を選抜して戦ふとでも云ふなら、前線の堡塁ぐらゐは抜けたかも知れないが智将は一人も派遣されなかつたやうだ。かくて幾十万円を投じて紙数の拡張を行つたが、それは数ケ月を出でずして石鹸玉のやうに消え果てた。すなはち全損全敗に終つた。新資本金は徒らに関西販売店のおやぢ共を肥やした以外に何者をも時事へは齎さなかつた。[15]

伊藤は『朝日新聞』『毎日新聞』が勢力を張っている大阪の地での『時事新報』の進出がいかに難しいものであったかを語っている。赤字補填をしても経営の改善は見られなかったのである。

こうして、大正九（一九二〇）年五月三十一日合名会社時事新報社はうまくいかずに解散し、資本を入れるべく六月一日新株式会社時事新報社ならびに同社大阪支店として再発足することになったのである。なお、大阪支店長件大阪の社長は、堀勘一、監査役は門野幾之進と鎌田栄吉であった。[16]同年十月にはコンクリート四階建ての、関西の新聞社としては最初の洋式建築の社屋も増築された。[17]

順風満帆に新たな好スタートを切ったかに見えたが、大正十一（一九二二）年六月、捨次郎が女婿で農商務省の局長だった島田乙駒を入社させようとした。そのことに対し、諭吉が亡くなった後社説の責任者であった「石川幹明はじめ編集幹部ら9名が反発して退社。翌12年4月〝財界世話人〟の富士紡社長、和田豊治ら諭吉門弟のとりなしで退社組は復帰したが、石河だけは戻らず板倉卓造が取締役主筆に就任、伊藤正徳は編集次長となった」[18]。このように、『時事新報』は株式会社となり、大阪は大阪支店（支店長は堀勘一から島田乙駒[19]）として出発したものの、内部の混乱は相当なものであった。大正十二（一九二三）年、「七月二十八日臨時株式総会の決議[20]」を経て、再び、東京と大阪は別会社となり、九月一日「資本金百五十万円の独立した株式会社大阪時事新報として再々発足した[21]」。大阪を別会社にし、ようやく東京の時事新報社の再建をはかろうとしたのだが、ちょうどその日に関東大震災がおこり、「僅々の重要書類を除き会社の物件を殆ど焼失してしまった[22]」という。

震災後、すぐに東京の時事新報から大阪に、「輪転機を少くとも三台以上を調達すること及び活字百万本並び工場用品数種を取り揃へ急送する様に依頼した[23]」とされ、また、「連日大阪時事新報を十数万部増刷して時事新報代用紙として全国の読者に配布した[23]」。こうして大阪と東京は、大打撃の震災に対して一致協力をしたのであった。ただ、平田の調査によると、

大正十三年（一九二四）六月一日、三十余万円を投じて、東京大阪間に専用電話線が開通したが、紺野四郎氏（『東京朝日新聞』を経て大正十三年入社）の直話では「朝日新聞などとちがって、大阪とニュースの交換などはほとんどありはしませんでした。営業方面で毎日の連絡ぐらいはしていたかも知れませんが……」という状況で、近藤操氏（大正十二年入社）も、ニュースの交換はもとより、人事交流などでは記憶にない

と語っている。[24]

すなわち大阪と東京とのニュース交換などはほとんどなかったようである。また、大正十四年（一九二五）から昭和二年（一九二七）に至る『東京日日新聞』『東京朝日新聞』の非買運動応戦等による出費、経営首脳の交替や社内抗争[25]などにより、『大阪時事新報』は窮していった。

こうして、昭和五年三月、新聞トラストに意欲的だった神戸新聞社進藤信義の買収に応じて、大阪時事新報社は、「神戸新聞」の傘下に入った。そして、同月二十八日、『神戸新聞』『京都日日新聞』『大阪時事新報』三大新聞合同宣言を「京阪神の三大勢力　こゝに合体し一丸となって新聞界に躍進」という見出しで三紙同時に発表したのであった。さらに昭和六年五月二日には、三社連携を一層推進した「三都合同新聞株式会社」を設立した。こうして、昭和六年『三都合同新聞』が発足する。

だが、昭和八年（一九三三）年には同社京都支店が廃止され『京都日日新聞』が設立した。「三都合同新聞株式会社」は次のような状況であった。「『三都合同新聞社』の業績は、全体的には一応黒字経営ということになっていたが、分析して行くと『京都日日』と『神戸新聞』は黒字だったが『大阪時事』は赤字つづきだった。しかも、その赤字一万円を、七千円を『京日』から補填し、残り三千円を『神戸』が負担して、辛うじて経営のバランスをとっていた[26]」だけだったのだ。『大阪時事新報』の業績不振状況だけが顕著であった。さらには、京都新聞代表取締役社長をした白石古京によると「人事の交流が非常にはげしくなり」、「人の配置や何かに欠点」があり「経験のない仕事」をやる人も多く、「三都合同新聞株式会社」はうまくいかなかったという。[27]このように実質的に「三都合同新聞株式会社」は解体寸前状態であった。[28]

こうして大阪時事新報社は、昭和十年七月二十二日、「三都合同新聞株式会社」から再度分離され、資本金三十万円の新株式会社が設立され、『神戸新聞』も独立の株式会社に戻った。ただ進藤信義は、大阪時事新報社、神戸新聞社の両方の社長を兼ね、役員人事交流、連携も行われていた。[29] 以上が昭和十（一九三五）年までの、『大阪時事新報』のおおよその沿革である。

『大阪時事新報』は、「『朝日』『毎日』との差がひどかった（後略）」[30] ということで、一九三〇年代初期には苦戦していたのである。

さて、本章では『大阪時事新報』の昭和十年頃までの経営の状況を記してみた。『朝日新聞』『毎日新聞』が勢力を張っている大阪の地でかなり苦戦を続けていたことがわかる。だが、『大阪時事新報』の文化関連記事を丁寧に見ていくと、経営問題とは別の興味深い点もみられる。次章からは、一九二〇年代〜三〇年代の『大阪時事新報』の文化関連記事の特徴について考察していく。

二 『大阪時事新報』記事に見る大阪道頓堀カフェー文化と文芸運動

現在のような日本初の喫茶店の始まりは、明治二十一（一八八八）年に開店した鄭永慶が、現在の上野に開店した「可否茶館」であると言われている。[31] その後、明治三十九（一九〇六）年には台湾喫茶が東京にでき、明治四十三年には西洋料理店「メゾン鴻の巣」が日本橋区小網町（現中央区）に、明治四十四（一九一一）年には、銀座に松山省三が開いた「プランタン」など、カフェや料理屋が登場した。また同年、料理中心の「ライオン」

コーヒー専門の「パウリスタ」などが相次いで銀座で開業された。

フランスのカフェ・グエルボアに集まったロートレックらやドイツの「パンの会」などに憧れた人々、すなわち、日本の「パンの会」のメンバー、木下杢太郎、永井荷風、フリッツ・ルンプ、谷崎潤一郎らは、カフェに何度も集まった。また、東郷誠児、久保田万太郎、志賀直哉、平塚雷鳥などもカフェの愛好家であった。明治末から大正の半ばごろまで、カフェは、文士、画家、音楽家など芸術家のサロンの役割を担っていた。そして、カフェ文学と美術などをうまく融合させようとする総合的な藝術文化運動を行っていたのである。彼らにより『屋上庭園』『方寸』『白樺』『青鞜』など数多くの文芸文化的な雑誌を生み出した。残念ながらカフェは、昭和期に入ると、歓楽施設としての要素が強くなり、バニー・ガールなども登場し、昭和四（一九二九）年「〈カフェ〉〈バー〉等取締要項」が、昭和八年（一九三三）年には「特殊飲食店取締規則」などの規制で取り締まらねばならないほど、乱れた場所になってしまったが、大正期には、多くの芸術家達がカフェに集まり、文化について論じ合ったのである。まさにカフェ文化の隆盛は、文藝運動の隆盛でもあった。

さて、大阪におけるカフェ文化と文藝運動については、どのようなことがわかるのだろうか。『大阪時事新報』には、大阪の夢二と呼ばれた画家宇崎純一談として、昭和四年五月九日から全十一回にわたって「大阪カフェー盛衰記」を連載している。これは、宇崎が大正期の大阪のカフェの華やかさを回想して記した連載記事である。これらを読みながら、大阪のカフェと文藝運動の様相を簡単に記していきたい。第一回目、「『パウリスタ』が抑もカフエーの元祖　大阪カフェー盛衰記一」（『大阪時事新報』昭和四年五月九日、三面）で、宇崎は次のように記す。

なつかしや観音堂はあらねどもこのにぎはひは浅草に似る　吉井勇　かく歌はれた道頓堀、赤と青との極彩色のあくどい刺激から脱れて、のびやかな、かくなる以前の道頓堀（中略）大阪第一の繁華街、カフエーの総本山である道頓堀のカフエーも亦やはり、最初に出来たのはこのパウリスタであつた。その場所は浪花座から二三軒東寄りの今日そば屋になつてゐるあたりである。何しろコヒーが五銭で、今日ほど人の心がせか〳〵してゐなかつたせいもあらうが、コーヒー一杯の客が三十分も一時間も、ひどいのになると二時間も座り込んで動かなかつた。開店当時で種々な試みをしては客をひかうとしたパウリスタが新しいことをやればやる程、お客は居心地のよさに座り込んでしまつて、いつも満員の癖に、客の数は少く、売り上げは少かつた、と云はれてゐる。

大阪にカフェ「パウリスタ」が開店したのは　近年の調査によると明治四十四年、箕面店が最初だったようだが、まもなく移転し、大正元（一九一二）年道頓堀に開店した。この「パウリスタ」では、寺川信によると「百回継続して解散した」[32]という大阪文藝同好会が開かれ、講演や宗教、文学、演劇、美術、音楽などの藝術一般を話すサークルが開かれていた。ちなみに、筆者の『読売新聞』「よみうり抄」の記事調査によると、大正五年一月十五日第四十四回には、木谷蓬吟の講演などが開かれ、大正八年一月十八日に第八十七回の大阪文藝同好会開催が予定されている。[33]すなわち、寺川の言説通り一〇〇回近く開かれたと推察できる。

さらに宇崎の連載第二回目「支那栗屋の裏で洋画家の作つた『パノン』　大阪カフェー盛衰記二」（『大阪時事新報』昭和四年五月十日、二面）には次の如くある。

パウリスタに続いて同じ大正元年道頓堀に出現したのが中座前今日ユニオン食堂となり、先頃は「てるは」のバーになつてゐた、あの間口のせまい家で「キヤバレー・ド・パノン」の名で開業した、之の出来るまでの経路を話すと却々面白いことがある。その以前から大阪の洋画家連中が寄つては何かクラブめいた集会所がほしいと云つてゐた矢先に同志の一人足立源一郎の義兄にあたる大塚覚次郎と云ふ人が、上海の商売をたたんで帰つて来ると同時に、その後に「パノン」になる家で、当時にしては頗るハイカラな珍しい支那栗屋を初めた。之を「来々軒」と呼びかなり繁昌してゐたのですが何しろ支那商売は表通り丈でその裏である河ツペリの好い場所をムザ〳〵空けておくのは勿体ないと足立君や我々が大塚君に云ひ出し、遂に我々洋画家の一味がまず之を借り受けて、同志のクラブであり半ば公開的なカフエーを作つた。

「パノン」は、大正三（一九一四）年に道頓堀に開店したカフェである。宇崎によると「パノン」は、上海にいた足立源一郎が日本に帰国して大阪ではじめた「支那栗屋」の川沿いの裏の良い場所を「空けておくのは勿体ない」と考え、かねてより大阪の洋画家連中が、欲しがっていた「クラブめいた集会所」として開かれたようである。

「パノン」は、「洋画家達によって装飾されたかなり凝った造りで、その頃珍しかったステインドグラスの窓や、入口の天鵞絨の重いリドー、淡紅色の壁面にはビヤズレーの版画がかけられ、ピンク色の卓子に黒い椅子、川沿の濃緑のソフアーからは宗右衛門町の灯影と、水に垂れた柳が見られるという風な瀟洒な空気が漂っていた」[34]カフェーだったらしい。宇崎純一「『パノン』御常連の素晴しいその顔触れ！　大阪カフェー盛衰記三」（『大阪時事新報』昭和四年五月十一日、三面）には次のようにある。

発起人兼お客である我々大阪の洋画家連は赤松麟作、榊原一廣、足立源一郎氏らをはじめとして此処に拠り、文壇人では、その頃、島の内辺にトグロをまいてゐた宇野浩二氏が長髪をモジヤ〱させて現はれ、口数少く一隅にあつて紅茶をす、つてゐたものである。それから竹久夢二は写真機をもつてよく現はれ、菊池寛、松井すま子、島村抱月らも憂鬱なるゴシツプの種を蒔いて行つたもの。劇界の人では、市川新正、中村扇雀、澤田正二郎、武田正憲それに食馬南北たちであつた。中でも毛色の変つた人としては有名な滋野飛行男爵で、とてもの「パノン」びいきであつた。（中略）吉井勇氏が花街とこの「パノン」との間を往来したことも有名なはなしである。

最初は、大阪出身の洋画家赤松麟作、榊原一廣、足立源一郎ら大阪の洋画家達の集会所のような場だったが、そこにだんだんと大阪作家宇野浩二、東京出身作家吉井勇や菊池寛なども集まってくるようになったという。大阪でようやく、成功した新国劇の澤田正二郎も訪れ、まさに、大阪と東京が融合しあう芸術交流の場が出来上がっていた。宇崎は、

カフェ「パノン」

> 「パノン」を訪れるほどの者は画科か文士、でなければ翻訳ものの小説でも読んでゐる人でなければならなかつた。何時行つて見てもけん〳〵ごう〳〵として藝術論、恋愛観、人生観を闘はせてゐる物凄さはまるで芸術国フランスかドイツにあつたであらう理想的カフエーの感じであつた。従つて勿論、大阪の商売人は自ら排撃され、寄つて語る常連は、いやしくも言「藝術」に及ばざるべからざる輩ばかりであつたのは致し方のないことである。[35]

と述べている。大阪道頓堀には、江戸時代から芝居小屋が立ち並び、賑わっていた。明治期には、その芝居小屋は「浪花座」「角座」「朝日座」「弁天座」「中座」と改称され「道頓堀五座」と称されて親しまれた。大正十二（一九二三）年に、道頓堀に映画会社大阪松竹座ができるなど、道頓堀は重要な大阪文化の発祥の場所でもあった。カフェ「パノン」を介して、新たな芸術を生み出そうとしていた様相がわかる。文藝、文化面でも道頓堀は重要な場所だったのだ。伊達俊光は、「石丸君などの文藝同好会も恐らくこゝが誕生地であつたと思ふ[36]」と述べているので、パウリスタから受け継ぎ、パノンでも文藝同好会が開かれたのであろう。この「パノン」では「白亜文藝会」が開催されていた記録[37]もあり、この「パノン」に集まった方々により文学集会が催され、雑誌『白亜』の編集方針や、気軽な文学談義がなされていたようだ。

明治四十三（一九一〇）年に結成された関西川柳社の機関誌『番傘』（大正二年一月十五日創刊）も、この道頓堀から生まれた。『番傘』創刊号には、関西川柳社の創始者でもある西田当百が「大阪において大に大阪を咏はんとす」と述べるように、大阪で『番傘』を発刊したことを誇りに思い大阪らしい川柳を創作した。ちなみに、『番傘』という雑誌名は、明治四十五（一九一二）年頃、西田当百、岸本水府、浅井五葉、蚊象、半文銭らが、道頓堀を雨の日に闊歩し、「番傘を五人男は伊達にさし」（浅井五葉）の句にちなんでつけたと言う。この「パノン」の常連に毛馬南北がいる。毛馬南北は、西田当百亡き後の『番傘』の実務を任され、水府らの指南役でもあったとされる。そのためでもあろうか、「パノン」では、『番傘』の句会が行われていた。残念ながら、「パノン」は大正十（一九二〇）年には、閉店してしまうが、宇崎が「花街とこの「パノン」との間を往来したことも有名なはなし」とする吉井勇は、「たそがれの角座の幟りばた〱と吾を紅燈の街にさそへり。」「秋の夜の道頓堀のにぎはひのなかにあれどもなくさまずけり。」「夜を好むうつくしきゆえ夜をこのむ南地よはやく夜となれかし[38]」などの、「パノン」を詠んだ歌をつくったのである。

なお、「パノン」が解散した後、戎橋西詰あった、カフェ「ライオン」が「文化人の溜まり場[39]」となった。「ライオン」では大阪の代表的作家、藤澤桓夫が、大高時代の友人小野勇、神崎清らや、文学仲間の崎山正毅、武田麟太郎、片岡鉄平らと文学談義を行った。その結果、大正十二年十月には、同人雑誌『龍舫』を刷り上げ、さらに大正十四年三月から昭和二年まで三十二冊を発刊した『辻馬車』の誕生にいたる。藤澤桓夫は、『大阪時事新報』の記者であった片岡鉄平に励まされ、片岡を通じて、横光利一、川端康成、菊池寛らとも懇意になり、作家として独り立ちしていくのである。

三　大大阪時代の『大阪時事新報』文化、文学関連記事

二十世紀に入って、大阪の商工業がますます発達するにつれ、住宅不足などの問題も大きくなり、大正十二（一

九二三）年に第七代大阪市長関一は、市街地とその周辺の開発を計画的に進め、大正十四（一九二五）年に周辺の町村と合併。人口・面積で日本一、人口では世界第六位の大都市大阪（225万9000人、同年の東京市の人口は214万3200『大阪市統計書第二五回』昭和二年一月、大阪市役所）となった。商工業も日本一盛んだったので、そのころの大阪市は「大大阪」と呼ぶようになった。関市長は、「都市大改造計画」を打ちだす。道幅五〜六メートルしかなかった昔の御堂筋を、道幅四十四メートルにひろげ、地下に電車をはしらせるという大工事をはじめた。工事をはじめてから十一年目の昭和十二（一九三七）年に完成。御堂筋や堺筋沿いにはデパート、梅田や道頓堀には映画館がならび、カフェーのネオンサインが夜の町を照らし、家々ではラジオから流行歌が流れるなど、人びとの風俗も町の様相も、大きく変わった。『大阪時事新報』には、大阪が「日本国の台所、東洋第一の商工都市として繁栄に繁栄を重ねた結果」がこのような大大阪実現を見たと報じている。(40) さて、大大阪時代の文化記事にはどのようなものがあるのだろうか。

大正十四年に、『大阪時事新報』では、昭和二年十一月三日の最初の明治節の祝賀記念として、明治かるたを発売する企画をした。明治かるたとは、大阪の一貿易商であった岡林昂男が、大正十二年に難波大助のおこした不敬罪事件を憂い、明治天皇の御製をかるた形式で普及しようとしたものである。明治天皇の歌九十首に、皇太后の歌十首を加えて合計一〇〇首にして発売した。これを受け、大阪時事新報社は、全国明治かるた会を明治節の日に大阪美術倶楽部にて開催した。また、大正十四年には、時事新報創立二十周年記念事業の一環として「滑稽短編小説懸賞募集」を開催した。審査員は、渡辺霞亭、渡辺虹衣、久米正雄、里見弴、北澤楽天の五人である。「滑稽短篇小説　入選を発表　百六十三篇の応募中「子は宝」の一篇入選　更に二千金懸賞で募集」と題して次の如く記す。

本社が既に創立満二十年記念として二千円の賞を賭け遍く江湖に募つた滑稽短篇小説は規定の締切日までに到着したもの総数——百六十九篇に達したので直ちにこれが整理を行日募集規定を無視した違反原稿十三篇を除いた残りの百五十六篇を厳密に審査した処優秀と認むべきもの僅に一篇しかなく夫れも一等若くは二等として推すに足るだけの雄篇でない為め三等として採用する事に各審査員に於て合議の結果決定した。[41]

この「子は宝」は、北澤楽天の挿絵を入れて、大正十四年九月十日から、第七回連載し、九月十七日都合により掲載を中止する。審査員の渡辺霞亭は、この作品について、「主題の取扱ひ方や、文章の表現などの点では可也り幼稚であるやうに思へるが、覗ひ所は一寸面白いと思ふ[42]」と述べている。一般市民を巻き込んだ時事新報社の独自企画としては興味深いものである。

また、矢部孝「大阪のモダーン・ガール」に、「断髪キモノの大阪のモダーン・ガール、大きな背中に一寸、甲虫を背負った位に。（中略）ダンス・ガール、これは大阪のモダーン・ガールの一部を代表してゐる。（中略）モダーン・ガール、髪は断髪、彼女の為に、耳飾りを許したまへ。（中略）ダイヤは孫子の代までも、と考へると、失礼ながら、さすが大阪だなあ。[43]」などの記事がある。積極的に大阪に出現したモダンガールを取り上げている。さらに、「我々の住む足下の現実世相を研究し、いさゝかその正体を究明せんとするものであります。拉し来るに華やかなる一人の断髪娘を以つてし、彼女をめぐりて展開される善悪真偽美醜の出来事は明暗双つ乍ら現実の事実をえぐりとり（後略）[44]」とある、貴司山治の「断髪」（昭和二年九月二十二日～三年四月十二日、全二〇〇回）などの連載がある。いずれも大大阪時代にふさわしいモダン文化を反映したものである。

また、新民謡運動との関連記事もある。大正末から昭和初期は、野口雨情、西條八十、北原白秋が巻き起こした、伝統の民謡を集め、その上で新しい創作民謡を生み出そうとする、いわゆる、新民謡運動の真っ盛りの時期でもあった。この新民謡運動との関連記事を紹介する。まずは、無署名「いま未曾有の民謡時代　西條八十氏が語る民謡の今昔」（『大阪時事新報』昭和五年十二月十六日）である。

凡そ民謡は何れの国でも民謡発展の当初からあり、（中略）明治維新以後は多少沈滞時代であつたが大和田建樹や高野辰之博士等により研究により研究は漸く進み一方野口雨情、北原白秋、西條八十等を中心とする新民謡運動も盛んとなり、昭和に入つては蓄音機、ラヂオの普及につれて廃れた地方民謡が続々世に紹介され新民謡も勢を得ると共に嘗ては当局の圧迫さへ■つた地方の民謡の如きも漸く其の社会的意義が認められて、却つて奨励されるやうになり、未曾有とも云ふべき民謡時代を現出してゐる

北原白秋、西條八十、野口雨情らが全国的流行させた、創作民謡、すなわち新民謡運動は、ラジオや、鉄道の普及、レコードなどによって、流行をさらに加速させていった。その速さはめまぐるしく、無署名「映りゆく流行小唄　スピード物語（一）」（『大阪時事新報』昭和四年三月七日夕刊、二面）にも「モダン即ちスピード也」として、モダニズム時代の昭和初期、「籠の鳥」「船頭小唄」「道頓堀行進曲」「銀座行進曲」の流行などと、清新なテンポの曲を次々に生み出していったことを記し、「肉感的であり乍ら人の前でうたつても顔が悪くならない歌詞といつたものがます〳〵喜ばれると同時に、テンポは次第にそのスピードを増してゆくであらう。」と述べている。

ここに記された「道頓堀行進曲」は、昭和三年一月に神戸、大阪、京都の各松竹座で、映画の幕間劇として上

演された岡田嘉子一座の「道頓堀行進曲」の中で歌われたものであった。日比繁次郎作詞の、「赤い灯、青い灯、道頓堀の」で有名で、劇と同題の「道頓堀行進曲」という全国大ヒット流行歌となったのである。ちなみに、最初の「道頓堀行進曲」は、日東レコードから昭和三年三月に発売されている。

ただ、大阪から、この時期目立つ文学が生まれなかったところもあるらしく、近松秋江は「何故、今日の大阪から文学が生まれぬか」(『大阪時事新報』、昭和二年四月五日)で次のように指摘している。

元禄の昔には近松西鶴等日本一流の作家が生まれた大阪ではあるが、今日この土地から作家が生まれないのはどうした訳か。(中略)今日と雖も不足のある所ではないにも拘らず、大阪の土地に芽生えのした作者が出ないのは、考えてみれば、大阪人は概して生活が楽であつて、従つて物事に真剣に血みどろになれないからではないか。(中略)この土地が古くから経済の中心であつた関係からの事で、文学その他学術上では徹底的にならずとも済む(後略)

このように、大大阪時代の華やかな時代には、新しい文学が登場するには難しい状況もあったようである。

さて大大阪時代にふさわしい記事の一方で、昭和恐慌を背景にした、不穏な記事もみられる。特に、昭和二年七月二十四日の芥川龍之介の死は、衝撃的な出来事だったようで、『大阪時事新報』でも大きく取り上げられた。例えば、無署名「自殺した芥川氏は現代文壇の第一人者　生ツ粋の東京ツ児!」(『大阪時事新報』昭和二年七月二十六日、一面)には、芥川と親交があった関西ゆかりの作家、神崎清、宇野浩二、谷崎潤一郎の動向を報道した。そして神崎清の談話「義兄の自殺と宇野浩二氏の狂気　ともに打撃を与へたか」と題して弁護士をしてゐた先生の義兄が自殺したことがあり、また日頃から一番仲の良かつた宇野浩二さんが六月頃から病気（精神異状）になつたりしたことが可なり大きな影響となつたのではないでせうか、十七日にも宇野さんを評して「生ける屍」だと言つてゐました。

また、不況のために、芥川の自殺をきっかけに多くの人々が自殺や凶行をした記事が散見された。無署名「大阪三越の七階から飛降り自殺を遂ぐ　芥川の死に感激か　文学青年らしい遺『詩』」（『大阪時事新報』昭和二年七月二十八日、二面）には次の如くある。

二十七日午前十時三十五分頃大阪高麗橋三越呉服店西館の七階、高さ八十尺の中央窓口から電車路めがけて身を踊らし、舗道に頭部及胸部を強打して無残の即死を遂げた黒の詰襟服に白ズボンの少年があつた。（中略）柿元善義（十九）で、三年前上阪して（中略）製紙業吉田準一方に雇はれて居たが、飛び降りた七階窓口には文芸評論集『陣痛期の文芸』堀口大学著詩集『月下の一群』の二冊及び辞世の詩らしきもの、創作原稿が残され、又主人、友人宛の書簡三通があつた。主人宛を除く外は比呂志の雅号を用ゐ居り、先日自殺した芥川龍之介氏の子息の名に似てゐる上に、芥川氏の思想に預て憧れを持つてゐたと云ふから、この突飛な自殺は芥川氏の死に感激しての結果らしい。乱れ書かれた辞世の詩らしいものは「人生とは何か」と前がきして　またしても空に光が消えて／こうして夜は深くなる／時と共にこうして人の声は疲れ／魂はしぼむのだ／そして人は老いて行く／そして死だ／死ぬとも知らずに動いてゐる者よ／あゝその内に死はくるんだ／凡てが終りではないか　とある。

芥川や堀口大学に憧れていた青年が、三越デパートから飛び降り自殺したことがわかる。さらに、無署名「心中を刎ねられ洋食用ナイフで斬る　世間に洩れるを虞れ己も縊る　中学教諭自殺の続報」（『大阪時事新報』昭和五年十一月二十五日、七面）には、

吉元栄雄の凶行原因については、曽根崎署で取調べてゐるが、馴染の女給達の話によると吉元は妻子を残し睡眠剤を服用して自殺した文壇の大家芥川龍之介の崇拝者で、カフエーへ来ても女給達をとらへてよく芥川の人格、性行、作品等について話をし、殊にその遺書等については一字一句まで、諳誦してゐるといつた風で、芥川熱に凝り固り、常に芥川氏と同じ様な生涯を送りたいなど、いつて居り最近はどうかして居るやうに見えたさうだ。

とある。また、無署名「芥川らに先を越されたと職工の自殺」（『大阪時事新報』昭和二年七月三十日、二面）には、

大阪港区八雲町三丁目三二加藤方印刷職工庄野清（廿二）は廿八日午後四時半頃匕首で左胸部を突き、更に毒薬を多量に嚥下して自殺を遂げた。（中略）遺書には、かねて不合理の世を去りたいと思つてゐたが芥川龍之介や三越から飛降りた野郎に先を越された、彼等の死と同様に見られるのは残念だが死ぬといふ意味が書いてあつた

華やかな、大大阪モダニズムの陰で、青年が未来の希望を失い、自ら命を絶つような、不穏な空気が大阪にはどよめいていた。そして、文学者芥川の影響は多大なものであった。なお、廣川和花の調査によると、大阪「水都の航路沿いでは、大阪アルカリ会社煙害訴訟（一九〇六年）・大阪瓦斯会社有毒ガス問題（一九一二年）・住友伸銅所煤煙問題と春日出発電所煙害事件（一九一九年）・大阪窯業セメント粉塵問題（一九三四年）」などがおこり、公害だらけの汚い街でもあり、依然として、「水上生活者の群れがあった」[45]という。大大阪モダニズムの裏には、貧困生活の実態があり、社会問題化していたのである。絶望して死を遂げる人もいたが、それだけではなかった。全国的な流れで起こっていたプロレタリア文学運動の影響下のもと、関西でもプロレタリア文学運動を発展させ、社会問題に対峙していく人々がいた。『大阪時事新報』でも、その様記事にしている。例えば、樋口嵩「関西に於けるプロレタリア文学の再起」（『大阪時事新報』昭和五年十月十三日、一二面）には次のようにある。

二九年から三〇年の初期にかけて、関西の街頭には関西の同人雑誌の大洪水を見たが、プロレタリア文学を標榜するものに曰く文藝直線、世紀文学（中略）等々。関西に於けるプロレタリヤ文学の謳歌期を現出せる観があつた。しかるに本年三月頃から之等の諸雑誌は、或は当局の弾圧にあつて解体のやむなきに至り、或は内部に理想的対立生じて分裂し、又はナップ等の中央集団に合流する等、全く影を没してしまつた。然しながらこの事は決して関西にプロレタリア文学集団の存立不可能をもの語るものではない。それは之等の諸雑誌が小集団のまゝ分立してゐて集団勢力が拡大されなかつた事と、各雑誌の同人層に所謂インテリが多く、再組織の勇敢性を欠いた事に起因するもので決して地域的に発展性の稀薄を意味するのではないのである。

また、無署名「一九二九年の回顧　弾圧下の思想運動が文学と劇へ進出　争議はあつたが皆消極的　労働組合を観る」（昭和四年十二月一四日夕刊、六面）に次のようにある。

左翼的脚本を上演し、更に大阪では元の桃源座の構成劇場を初め、関西小劇場、七月座等が何れも本年度に於て芽生えたり生長したり（中略）文藝も其の通りで本年著しく台頭した新進作家と云へば殆どプロレタリア文学ばかりと云つてもよく、文藝演劇の大部分がさうなつた（中略）文藝家協会の直木、金子、新居氏等が飛行機で大阪へ飛んで来て知事に陳情したり、公会堂で演説したり、兎も角文藝演劇によるプロレットカルトの進出とこれに対する検閲問題とは本年の社会運動方面に於る一異彩であつた事を失はない、要するに昭和四年の社会運動は現実主義へ議会主義への大きな流れに一貫され、これにあきたらぬ一派が藝術運動に奔り出た外は、左翼も右翼も徹頭徹尾選挙へ！選挙へ！の駆足を続けた。

いずれの記事も、プロレタリア文学や演劇が、関西で盛んになってきたことが記されるが、一方で検閲の弾圧に押しつぶされていく様が指摘されている。大大阪時代は、大阪文化が開花した時期ともいえるが、一方で、検閲の問題もあり、残念ながら十分な文化、文学運動が行われなかったのであった。平野光一「プロレタリア藝術運動の新傾向」（『大阪時事新報』昭和五年十月二十日、二面）における、

貨物列車の思想的単一化のもとに貨車が解散されると同時に樋口嵩、中田久、竹内一美、大山虎吉と筆者の五人は、関西の同人雑誌の諸君とはかり、その統一化実現として「職場」を発刊した。その発刊後、関西の

各労働組合の労働者農民諸君の折衝と交互的意見の交渉等によつて、関西プロレタリア作家同盟組織の急速なる具体化の必要を痛感した。（中略）プロレタリア藝術の行詰りを切開き全般的運動一翼としての藝術運動の遂行の拍車となるべく茲に関西プロレタリア作家同盟の結成を一日も早く組織されることを希ふのである。

との言説は重要である。「プロレタリア藝術の行き詰りを」打開するための「関西プロレタリア作家同盟組織の急速なる具体化の必要」をあげ、プロレタリア文化運動の推進を推奨していることがわかる。『大阪時事新報』は、検閲を恐れず、プロレタリア藝術を構築しようとする人々の立場に立ち、多くの記事を掲載していたのである。

四　『大阪時事新報』にみる女性問題と子ども欄の充実

『大阪時事新報』の、一九二〇年代～三〇年代の特徴の一つとして、女性問題と、子ども欄の充実がみられる。子どもに関しては、「童謡表情」の連載などが目に付く。さらに、大阪時事新報学芸部主催で、「関西高等専門学生『思ひ出』合評会」（『大阪時事新報』昭和五年十二月十日）なども開いている。

また、女性問題に関しては、婦人参政権獲得のための動きをかなり重要視している。大正十四年、加藤高明内閣により普通選挙法が成立し、満二十五歳以上の全ての男子に選挙権が与えられることとなったが、婦人参政権は成立していなかった。『大阪時事新報』では、その、男女の不平等問題に真摯に取り組み、女性の立場に立った発言を記事にしている。例えば、山田わかは、「婦人問題の二つの潮流」で「国民の質に直接影響があるやうな大切な婦人問題は内部からも外部からも其のほかあらゆる方面からの考察及び運動が必要であることを忘れてはなりませぬ」[46]と婦人問題を考える意義を提唱しているが、このような進歩的な発言を『大阪時事新報』に掲載しているのである。当時は女性の権利を獲得するために動いた女性達を「新しい女」として白眼視した人々も多かったが、『大阪時事新報』では女性運動の後押しをし、大阪時事新報社主催の「婦選獲得」のための演説会なども開いていている。例えば、昭和五年十二月四日の午後六時から天王寺公会堂に於て、大阪時事新報主宰で、「婦選獲得大演説会」を開催している。その時のプログラムは、次のようなものであった。

婦人参政権問題演説会　来四日午後七時天王寺公会堂

弁士と演題

一、五十九議会と婦人公民権案　婦選獲得同盟総務理事　市川房江
一、十年の苦闘を想ふ　同中央委員　坂本真琴
一、家庭婦人の立場より　同　石本静枝
一、婦選運動の現状　同幹事　金子茂

主催　大阪時事新報社[47]

さらに、北村兼子の近著『地球一蹴』（昭和五年九月、改善社）なども、無署名「近頃の快著　地球一蹴北村兼子著」（『大阪時事新報』昭和五年十月四日、四面）でとりあげ、「北村兼子さんの「地球一蹴」が世に出た。（中略）どこまでも文化の本質をつきとめようとした所は好い殊に、それを手易にすら〳〵と面白く読める様に書い

てある所はなほ好い。」と紹介している。北村兼子は、明治三十六（一九〇三）年十一月二十六日に大阪に生まれた。大正十二（一九二三）年、関西大学で初めて開講された男女共学の夏期語学講習会に参加。同年十月、関西大学法文学部法律学科に入学した。当時はまだ正式に女子学生の入学が認められなかったため、聴講生としての入学ではあったが、関西大学で最初の女子学生となった。大学在学中の大正十四（一九二五）年に大阪朝日新聞社の試用社員となり、大正十五（一九二六）年、全科目の聴講修了後、正社員となる。その後、文筆活動に専念するため、昭和二（一九二七）年に大阪朝日新聞社を退社した。昭和三（一九二八）年、ホノルルで開催された汎太平洋婦人会議[48]に日本の政治部委員として参加、翌昭和四（一九二九）年にはベルリンで開かれた万国婦人参政権大会に日本代表として出席。ドイツ語で「日本における婦人運動と婦人公民権法案の否決」という演説を行った。昭和五（一九三〇）年、立川（東京都立川市）にあった日本飛行学校に入学し、飛行機の操縦術を学ぶ。昭和六（一九三一）年七月二十六日、訪欧飛行を目前にしながら、腹膜炎にて逝去。享年二十七歳であった。[49]このような人物だが、女性の解放に尽力した女性、北村の著書なども『大阪時事新報』では積極的に紹介している。さらに、「婦人問題の無理解者は第一其資格がない　女の見た理想的の市会議員に就て」（『大阪時事新報』昭和四年五月十四日夕刊、六面）では、古屋登代子の次のような発言を掲載している。

これから来らんとする時代は婦人文化の時代ですから、先づ何よりも婦人問題を度外視する人は排斥すべきであります。この婦人文化は之から招来さるべきものでして、現在では未だ到来しては居りません。（中略）婦人の地位の向上、婦人の実社会への進出を援助する男子、自然婦人の公民権獲得運動に充分理解のある人――これが私たち婦人の憧憬する、新しい大都市の市会議員であります。（中略）この婦人の教育と職業との関係、職業上に於ける男女の拮抗――この事情によく精通した人でなければ、到底新しい大都市の市会議員として私たち婦人を指導することは出来ないだらうと思ひます。

婦人の権利を主張し、婦人に理解を示して欲しいとする主張であり、そのような記事を敢えて掲載しようとする大阪時事新報社の方向性は、かなり進歩的なものだといえるだろう。また、昭和五年十二月十日『大阪時事新報』地方版　四面には、「『家族制度の破壊』と本社主催　婦人参政権問題座談会㈠」を開催していたことがわかる記事があった。その座談会には「婦選獲得同盟の市川女史等を中心にした本社主催の婦人参政権問題座談会は五日午後六時から神戸商工会議所の一室で開催しました。」とあり以下十四名の出席者があった。そこでは、「何が一番……おそれられてゐるかと申しますと…家族制度の破壊…婦選は家族制度を破壊するためといふのでありました。」そしてこの「家族制度といふ」事が「私共の一番真先に出会する反対でございます。」と述べている。

出席者（ＡＢＣ順）
警察部長夫人　廣岡　歌代氏　婦選獲得同盟　市川　房江氏
神戸女学院教授　井出　菊江氏　岩村　峯子氏
婦人同情会長　城　のぶ子氏　婦選獲得同盟　金子　しげり氏
関西婦人連合会　望月　くに氏　松村　しづ子氏
神戸市議夫人　森脇　たの氏　婦選獲得同盟　新妻　伊都子氏

婦選獲得同盟　坂本　真琴氏　神戸若葉会長　高木　まさの氏
本社側　臼井義雄　平岡達治

現在では、思いつきもしない女性の社会進出は家庭を崩壊させるという考えが当時は根強く、その考えを払しょくさせるために、各部門で活躍中の婦人と、大阪時事新報社の社員　臼井義雄　平岡達治が座談会を行ったのである。なお、この座談会は、昭和五年十二月十一日に第二回「完全参政権でなくば私たちは寧ろ反対」、同年十二月十二日に第三回「田舎婦人の方がずつと真剣である」の記事があり、続いていく。

五　一九二〇年代～三〇年代の、関西色の濃い『大阪時事新報』〈文芸関係〉記事

さて、関西色の濃い記事も『大阪時事新報』の特色の一つである。ちょうど澤田正二郎が昭和四（一九二九）年に中耳炎で入院し、容体が悪化してついに同年三月四日急性化膿性脳膜炎で亡くなる。澤田正二郎の死は、『大阪時事新報』でも大きく取り上げた。「澤正を失つた新国劇は何うなる？」[50]で、白井松竹社長談として、次のようにある。

同君が私のところの専属となつたのは大正六年で、その当時はまだ二十余の書生肌の人でしたが、以来十余

年間今日の大を成して来たのを、宛然自分の育てた子が生長してゆくやうな喜びに常に浸つてゐたものでした。（中略）残念でなりません。と、もに現在劇壇の一大損失です。

澤田正二郎は、大正六（一九一七）年四月十八日から五日間にわたって東京新富座で新国劇を起こした人物である。だが、その旗揚げ公演は大失敗に終わってしまった。そこで、倉橋仙太郎が、関西で大阪松竹と交渉し、京都南座公演を決め、澤田率いる渡瀬淳子ら劇団員十一名は、大正六年六月に関西に向かったのである。京都での公演は失敗に終わったが、「松竹の白井社長を説いて弁天座で三度目の旗上げをすることになつた。この時の上演物が『深川音頭』で予想外の好評を得て新国劇澤田正二郎氏の成功の端緒となつた」[51]のであった。澤正のヒットの陰には大阪松竹の支えもあった。このように、澤田を有名にしたのは、大阪での公演である。その後は、大阪松竹と連携をとりながら次々と公演をすすめ、新国劇の澤正と呼ばれて人気を博していくのであった。

大正十一（一九二二）年に大阪を引き上げて浅草に戻ってからも、厳しい道を乗り越え人気は衰えることはなかった。大正十一年十一月には、浅草で、中村吉蔵を所長として新国劇附属研究所を設けることとなった。また、大阪では、大正十二（一九二三）年三月、澤正を校長として、文化村新民衆劇学校を開校した。このように充実した演劇生活を送り、澤正は、関東大震災後は帝劇や宝塚劇場をはじめ全国で興行を続けていく。宇野浩二も、『恋愛合戦』[52]という作品で、渡瀬淳子や澤田正二郎のことを記している。ただ、澤正の演劇生活は、大衆に人気を得ながらも苦難もあった。「渡瀬淳子、久松喜世子との三角事件」[53]など恋愛問題にも苦しんだ。

さらに、大阪色の強い小説広津和郎「道頓堀行進曲」（『大阪時事新報』昭和三年四月二十五日から五月一日）全六回、渡辺霞亭「花咲く朝」（『大阪時事新報』大正十四年一月二十一日〜七月二十五日）全一八五回：大阪弁

での小説、貴司山治「天保騒煩記」（『大阪時事新報』昭和二年五月十五日～五月二十四日）全六回：大塩平八郎の伝記小説などを連載している。また大阪色の強い連載読み物として、次のようなものがある。

大阪少年審判所　川村顯雄「少年法廷物語」（『大阪時事新報』昭和三年九月七日～十月十二日）全八回
無署名「浪花の里に春の踊」（『大阪時事新報』昭和三年三月二日～三月十四日）全八回
無署名「私の略歴」（『大阪時事新報』昭和三年九月一日～九月十四日）全九回：角座、中座などの有名人を語ったもの
無署名「大阪の能楽界」（『大阪時事新報』昭和四年二月十二日～二月二十二日）全十回
無署名「大阪の声曲界」（『大阪時事新報』昭和四年三月七日～五月八日）全四十九回
無署名「本社主催落語家漫談会」（『大阪時事新報』昭和四年五月二十五日～六月八日）全十三回
無署名「大阪の舞踊」（『大阪時事新報』昭和四年六月十二日～九月十三日）全七十五回
無署名「大阪歌舞伎番付物語」（『大阪時事新報』昭和四年十一月十四日～十二月二十二日）全八回
旭堂南陵口演「新講西遊記」（『大阪時事新報』昭和四年五月十二日～五年五月三日）全二九九回
「笑いを語る…」（『大阪時事新報』昭和五年一月一日～九日）全七回

いずれも、小説やエッセイを通して大阪の歴史や文化、風土をアピールしているのである。その他、無署名「事実種の怪談奇談を募る　夏の読物応募規定」（『大阪時事新報』昭和三年六月二十八日　大阪版）などの次のような企画もみられる。

生々しい身の毛のよだつ怪談、「虫が知らせる」と云つたやうな霊的体験による奇談、事実種として伝へてゐ

る奇怪談を左記規定によつて募集いたします、振つて投稿（或は通知）下さい、応募原稿は選択の上近日の夕刊紙上に連載いたします、
一、投稿は十五字詰三百五十行以内、四五十行の短いのでもよい
一、通報は郵便にて怪談の概要と場所を知らせて下さい
一、投稿（或は通報）は「怪談原稿」と書いて本社社会部宛に送つて下さい、締切は七月十日ですがなるべく早く
一、怪談中に出る地名人名の迷惑となるのは仮名のこと
一、投稿（或は通報）中紙上掲載の分に対しては薄謝を贈呈いたします

なお、「大阪の怪談」は、大阪の所々に出没する怪事件を描いた作品の連載となっている。例えば、第十回は、飛田の獄門台に晒された男女の生首が雷鳴の中で、異様な声を発して戯れ遊ぶ様を描いているし、第十九回には、天満方面を騒がした八化けの年寄り狸の怪のことを記している。

また、『大阪時事新報』の特色として、食の話題が取り上げられている。食道楽大阪[54]と呼ばれるように、大阪と食は切り離せない。「『大阪は』の一句」[55]は、田中貢太郎が「大阪道頓堀の柴藤」へ駆けつけ、記者らと酒を飲んだことを記し「『大阪の酒は実に柔くて好い、川はきたないがかき船は酒を飲むに落付いてい、処だ』」と述べ、「大阪は青柳の目にほこり哉」という一句を創ったことが記されている。昭和四（一九二九）年五月十五日の『大阪時事新報』には、「氏自身が即ち美食主義者だ　大阪は住み可い処だと谷崎潤一郎氏」と見出しをつけ、「食物に趣味を持つてゐる文壇人は恐らく氏の右に出る人はないだらう」とある。続けて、谷崎の次の言説をとりあげ

ている。

「東京？つまらないよ。うるさくて。それに――」

氏は訪ねる人毎にさう云つた程本牧が氏の趣味にぴつたりと合つてゐたのである。その本牧をあの震災で追つぱらはれたのだ。文壇人で最初にわが関西へ避難した人は氏とこの間物故した小山内薫氏とだつた。（中略）

「京都はい、処だがうるさい処だ。そこへ行くと大阪は凡てが金に依つて支配されてゐる様であるが、それだけに人間としては因術ではない――」（中略）

氏は又ダンスが好きである。手軽にダンスが出来ない故に東京を去つて横浜に入つた氏である。又京都から大阪へ通ふ不便を喞つて大阪郊外に居を移した氏でもあつたのである。

関東大震災後、関西に移り住んだ谷崎潤一郎の話題は尽きず、「食」だけでなく次々と記事にされてる。ちょうど谷崎が大阪弁の小説「卍」（『改造』一九二八年）を書いていた時でもあり、谷崎の談として「大阪の婦人の言葉」（上）（下）を連載し、谷崎の「卍」執筆時の苦労談を以下のように語っている。

谷崎潤一郎「大阪の婦人の言葉」（上）（『大阪時事新報』昭和四年二月二十三日夕刊、六面）には次のようにある。

◇僕は今、大阪弁を使つて書いてゐる「卍」は大阪の女のひとに一句一句相談しながら筆を執つてゐる、そ

> のひとは大阪女専の卒業生で、昔の船場言葉ではなく女学生の大阪弁を使ふやうに私の方から註文してゐる。その人のおかげて「卍」の文章は自由に大阪弁を駆使してゐるはずだが、アクセントが紙の上へは出ないので困る。里見君、水上君なぞも大阪弁で小説を書いてゐるが、どうしても誰か大阪人に一度読んで貰ふ必要があるね。

さらに、谷崎潤一郎「大阪の婦人の言葉」（下）（『大阪時事新報』昭和四年二月二十四日夕刊、六面）には次のように記されている。

> 王朝時代以来の昔の言葉、詰り古典文学の中に出て来る言葉は東京よりも京都、大阪に余計残つてゐるやうだ。（中略）大阪の言葉の美しさを東京に伝へたのは義太夫だよ、浄瑠璃ものの芝居は東京でもやはり大阪弁でやるからね。（中略）僕など大阪の女の言葉殊に芸妓の言葉の美しさに魅せられてゐる。

大阪や関西に、谷崎が大きな関心を抱いていることがわかるのである。谷崎は、「卍」だけでなく、大阪と関連する「盲目物語」（『中央公論』一九三一年）「春琴抄」（『中央公論』一九三三年）などの作品も描いていき、関西でも、後世まで読まれ続ける名作を生み出したのである。

おわりに

本稿では、一九二〇年代〜三〇年代の大阪文化・文学研究――『大阪時事新報』の文化関連記事を検討しながら、その当時の大阪文化について考察して来た。大阪時事新報社は、経営の問題は常にあったようだが、『大阪時事新報』の文化関連記事には、大大阪を背景とした、カフェ文化と文芸運動、新民謡運動の伝播、流布などのモダン文化の諸相が見られた。一方で、昭和恐慌を背景とした、プロレタリア文学運動の動きも見られたが、検閲や断圧との狭間でもがき苦しんでいる様子もわかった。さらに、大阪の風土や、歴史をアピールするような企画も数多く見られ、女性の参政権獲得に向けての、大阪時事新報社の積極的な後押しもあった。一九二〇年代〜三〇年代の激動の時代の中で確かに、大阪では着々と独自の文化的な歩みを進めていたのであった。

『大阪時事新報』昭和四年三月二十七日、夕刊一面に、大夢「鳩笛　大阪の吸収力」という記事があり、そこには以下のように記されている。

東京の貸財は皆大阪に吸取られると江戸ツ子に警告したのは、海保儀兵衛と云ふ活学者であつた。東京人は物でも人でも粗末にする。大阪人は経済家で決して何でも粗末にせぬ、其処で貸財でも人でも皆大阪に吸取られる。大毎は徳富蘇峰君を吸取つた、それ見よじや。扨てこれを機会に回想すれば、新聞記者でも大粒なのは皆東京から大阪へ吸取られる。一寸帰つた所を挙げて見ても、古い所では西園寺公望、原敬、中江篤介、関信吾、宇田川文海、織田純一郎、高橋健三、須藤南翠、加藤紫芳、渡辺霞亭、渡辺治、小松原英太郎、竹越与三郎君に至つては御丁寧にも二度大阪に吸取られた。西村天因、内藤湖南、本多精一の三博士もさうである。（中略）大阪の吸収力は貸財や記者ばかりでなく、役者で何でも吸取る。近くは片岡仁左衛門親子、遠くは中村宗十郎もさうじや。（中略）小説家では谷崎潤一郎君、講談師では一龍齋貞山と数え来たれば指が痛い。看来れば蘇峰君も矢張り共通るべき運命をたどつて、大阪の袋の中に　落込んだまでじや。

ここにあるように、一九二〇年代〜三〇年代の大阪は、小説家、ジャーナリスト、思想家などを大切にし、他地域で生まれ、華開いた人々も吸収していった。また、大阪に移り住んだ人々は、大阪という風土に親しみ、さらにその才能を存分に発揮していったのである。そのため、谷崎潤一郎のように、東京人でありながら、一生戻らないで関西に住み着いた著名人は多かったのであった。ここにあげられた著名人の数々を見ても一目瞭然だが、大阪、そして関西からの文化発信は、日本全国の文化の発展に結びついたのである。

注

（1）岡本光三編『新聞百年史』（昭和三十六年二月、日本新聞研究連盟）
（2）平田万里遠「『大阪時事新報』と『時事新報』—研究対象としての『時事新報』の範囲—」（『新聞研究所年報』昭和五十年十月、第五号）
（3）同右
（4）日本電報通信社編『新聞名鑑』（明治四十二年七月）
（5）注4に同じ
（6）神戸新聞社史編纂委員会編『神戸新聞七十年史』（昭和四十三年二月、神戸新聞社）
（7）鈴木隆敏編著『新聞人福澤諭吉に学ぶ』（平成二十一年三月、産経新聞社）

（8）同右
（9）注4に同じ
（10）注6に同じ
（11）岩井肇著『新聞と新聞人』（昭和四十九年三月、現代ジャーナリズム出版会）
（12）板倉卓三「奇才もまた失敗者だった」（電通編『五十人の新聞人』昭和三十年七月、電通）
（13）注7に同じ
（14）注2に同じ
（15）伊藤正徳『新聞生活二十年』（昭和八年十二月、中央公論社）
（16）「社告」（『時事新報』大正九年六月一日、三面）
（17）注2に同じ
（18）注7に同じ
（19）注2に同じ
（20）村田昇司『門野幾之進先生事績文集』（昭和一四年十一月、門野幾之進先生懐旧録論集刊行会）
（21）同右
（22）注20に同じ
（23）時事新報社工務部編『時事新報工場大震災復興記録』（大正十三年九月、山戸宣勇）
（24）注2に同じ
（25）同右
（26）京都新聞社史編さん小委員会『京都新聞百年史』（昭和五十四年十二月、京都新聞社）
（27）注26に同じ
（28）注6に同じ
（29）注6に同じ
（30）注26に同じ

(31)林哲夫『喫茶店の時代』(平成十四年二月二十日、編集工房ノア)
(32)寺川信「大阪カフェ源流考」(『上方』昭和八年三月)
(33)拙著「大阪におけるカフェと文藝運動」(竹村民雄他編『関西モダニズム再考』平成二十年一月、思文閣出版)
(34)鶴丸梅太郎「道頓堀カフエー黎明期を語る」(『上方』昭和七年十月)
(35)宇崎純一「顔つなぎの礼は紅茶類を常連に振舞ふ　大阪カフェー盛衰記六」(『大阪時事新報』昭和四年五月十五日、三面)
(36)伊達俊光『大大阪と文化』(昭和十七年六月、金尾文淵堂)
(37)『白亜』大正三年十月号に、旗の酒場(パノン)を会場として、同年十月十日「白亜文藝会」開催予定の広告が掲載されている。
(38)宇崎純一「『パノン』御常連の素晴しいその顔触れ！　大阪カフェー盛衰記三」(『大阪時事新報』昭和四年五月十一日　三面)
(39)注31に同じ
(40)無署名「限りなき大阪の繁栄」(『大阪時事新報』大正十四年四月二日夕刊、一面)
(41)無署名「滑稽短篇小説　入選を発表　百六十三篇の応募中「子は宝」の一篇入選　更に二千金懸賞で募集」(『大阪時事新報』大正十四年八月二十八日)
(42)渡辺霞亭「選評」(『大阪時事新報』大正十四年八月二十八日、二面)
(43)矢部孝「大阪のモダーン・ガール」(『大阪時事新報』昭和二年七月十八日、四面)
(44)貴司山治「作者の詞」『大阪時事新報』昭和二年九月十七日、一面)
(45)廣川和花「汚い大大阪―水面にうつるモダン都市・大阪の衛生環境」(橋爪節也編著『映画「大大阪観光の世界」』平成二十一年四月二十七日、大阪大学出版会)
(46)山田わか「婦人問題の二つの潮流」(『大阪時事新報』昭和四年四月三日、四面)
(47)『大阪時事新報』(昭和五年十二月四日夕刊、一面)
(48)汎太平洋婦人会議　参加国十三、出席代表数一七九人　日本代表二十人

(49) 年史編纂室「北村兼子氏関係資料の寄託について」(『関西大学年史編纂室紀要』第二十三号、平成二十三年三月)
(50)「澤正を失つた新国劇は何うなる?」(『大阪時事新報』昭和四年三月五日、二面)
(51)「劇界の風雲児澤正遂に逝く」(『大阪時事新報』昭和四年三月五日、二面)
(52) 宇野浩二『恋愛合戦』(大正十一年七月十五日、新潮社)
(53) 注51に同じ
(54) 村井弦齋『食道楽』全八冊(明治三十六年十月~明治四十年五月)
(55)「『大阪は』の一句」(『大阪時事新報』昭和五年十二月八日、五面)

新海誠監督作品『君の名は。』をよむ

大島　薫

はじめに　～新海誠が意図したもの

新海誠監督作品『君の名は。』は、二〇一六年八月に公開された劇場長編アニメーションである。『君の名は。』については、公開された一ヶ月後には興行収入一〇〇億円を突破し、七七四万人を動員する大ヒットを記録したと発表され、さらに二〇一七年七月には、興行収入が二五〇・三億円（日本国内のみ）に至ったと発表された。この興行収入は、日本の劇場アニメーションにおいて、宮崎駿監督作品『千と千尋の神隠し』（二〇〇一年七月公開、三〇八億円）に次いで第二位を記録する。本作品公開時より「社会現象を引きおこした」と評されたことを含めて、日本アニメーション史上に刻まれる大ヒット作品であることは間違いない。

このアニメーションの概要については、映画『君の名は。』公式サイト（www.kiminona.com）、そして劇場販売用パンフレット（東宝㈱映像事業部発行　㈱東宝ステラ編集　コミックス・ウェーブ・フィルム監修　二〇一六年八月）に次のように説明されている。


千年ぶりとなる彗星の来訪を一ヶ月のちに控えた日本。

山深い田舎町に暮らす女子高校生、三葉は憂鬱な毎日を過ごしていた。

町長である父の選挙運動に、家系の神社の古き風習。

小さく狭い町で、周囲の目が余計に気になる年頃だけに、都会への憧れを強くするばかり。

「来世は東京のイケメン男子にしてくださーい!!!」

そんなある日、自分が男の子になる夢を見る。

見覚えのない部屋、見知らぬ友人、目の前に広がるのは東京の街並み。

念願だった都会での生活を思いっきり満喫する三葉。

一方、東京で暮らす男子高校生、瀧も、奇妙な夢を見た。

行ったこともない山奥の町で、自分が女子高校生になっているのだ。

繰り返される不思議な夢。そして、明らかに抜け落ちている、記憶と時間。

二人は気付く。

「私／俺たち、入れ替わってる?!」

いく度も入れ替わる身体とその生活に戸惑いながらも、現実を少しずつ受け止める瀧と三葉。

残されたお互いのメモを通して、時にケンカし、時に相手の人生を楽しみながら、状況を乗り切っていく。

しかし、気持ちが打ち解けてきた矢先、突然入れ替わりが途切れてしまう。

入れ替わりながら、同時に自分たちが特別に繋がっていたことに気付いた瀧は、
三葉に会いに行こうと決心する。

「まだ会ったことのない君を、これから俺は探しに行く。」

辿り着いた先には、意外な真実が待ち受けていた……。

出会うことのない二人の出逢い。

運命の歯車が、いま動き出す

また劇場用パンフレットの見開きには、映画の冒頭、本作品の主人公として登場する宮水三葉と立花瀧とによって語られる、次の台詞を紹介する。

朝、目が覚めると、なぜか泣いている。
そういうことが、時々ある。
見ていたはずの夢は、いつも思い出せない。
ただ
ただ、なにかが消えてしまったという感覚だけが、目覚めてからも、長く残る。
……ずっとなにかを、誰かを、探している。

そういう気持ちに取り憑かれたのは、たぶんあの日から。
あの日、星が降った日。それはまるで
まるで、夢の景色のように、ただひたすらに美しい眺めだった。

『君の名は。』という作品において「いまだに会えない恋の苦しさ」そして「夢」がモチーフであることを印象付けるのである。

ところで劇場販売用パンフレットには「プロダクションノート」という見出しに「企画とタイトル」を掲げて、本作品のモチーフについて次のように明らかにする。

知らない者同士が出会い、すれ違って、再会する。そんなシンプルな物語をアニメーションならではのエンターテインメントとして描きたいと始まった『君の名は。』。そのモチーフとなったのは、小野小町の和歌〈夢と知りせば覚めざらましを〉と、男女入れ替わりの物語〈とりかへばや〉。企画自体も、またモチーフも夢に溢れるものとなったが、もうひとつの大きなポイントが名前。さまざまなタイトル案があった中、互いの名前を求め続ける話ということで最終的に決まったのが、この作品名。

新海監督は『君の名は。』に描いた三葉と瀧とのモノガタリを「小野小町の和歌〈夢と知りせば覚めざらましを〉と、男女入れ替わりの物語〈とりかへばや〉」から「出会うはずのないふたりの男女が夢の中で入れ替わるという不思議な出来事を巡る物語」(『新海誠展「ほしのこえ」から「君の名は。」まで』朝日新聞社発行 二〇一七年)

から発想したと、本作品を公開する当初から公表していたわけである。ちなみに『君の名は。』のモチーフは、二〇一四年七月十四日、新海監督が劇場長編アニメーション企画「夢と知りせば（仮）―男女とりかえばや物語」に提示されている。本作品が企画書段階から「小野小町の『夢と知りせば覚めざらましを』の和歌と『とりかへばや物語』のふたつから発想を得て作った」（『新海誠監督作品　君の名は。公式ビジュアルガイド』　株式会社KADOKAWA　二〇一六年）と確認させるのである。

さらに映画『君の名は。』公式サイト（前掲）には、本作品を発想するに至った経緯について、次のように公表されている。

知らない者同士が、お互いに知らない場所で生きていて、もしかしたら二人は出会うかもしれない存在。現実は会えない、でも、何らかのカタチで触れ合う。単純だけれど、そんな物語を作りたいという事が今作の動機でした。良く考えてみると、それは、僕たちの日常そのものだと思います。今まさに地方の田舎町で生活している女の子も、将来、都会に住んでいるある男の子と出会うかもしれない。その未来の物語を小野小町の和歌『思ひつつ寝ればや人の見えつらむ　夢と知りせば覚めざらましを』（訳：あの人のことを思いながら眠りについたから夢に出てきたのであろうか。夢と知っていたなら目を覚まさなかったものを）を引っ掛かりとして、アニメーションのフィールドの中で描く事が出来ると思いました。その後は、「夢の中で入れ替わる」ことを軸に「彗星」や「組紐」など様々なモチーフを交えながら作品としての構成を組み立てました

また新海監督は『新海誠監督作品　君の名は。公式ビジュアルガイド』（前掲）さらには『新海誠展「ほしのこ

え」から「君の名は。」まで』（前掲）に掲載するインタビューにも、次のように語っている。

夢というのはずっとモチーフとして考えていたんですが、その中で引っ掛かったのが、小野小町の「夢と知りせば覚めざらましを（＝夢と知っていれば目を覚ますことはなかったのに）」という、『古今和歌集』の和歌なんです。そこからもう少しひねって、夢の中で出会うというところから、夢の中で自分ではない相手としてもう出会っているというところに落とし込んでいきました。夢の中での入れ替わりという設定ができた時点で、これは自分のビジュアルのテーマ性にぴったりなのかもしれないなと思ったんですよ。田舎に暮らす子の眼を通して始めて東京を見たり、その逆を体験するというのは、自分たちが今までこだわってきた風景描写を最大限活かすことにも通じるだろう、と、そういう描写を物語的な仕掛けに絡めて見せていくことができれば、勝算のある映画になるんじゃないかと思いましたね。

（『新海誠展　「ほしのこえ」から「君の名は。」まで』より引用）

そして新海監督は同インタビューにおいて「入れ替わるべき相手が瀧と三葉だったということに何か物語的な理由付けはされているんですか？」という質問に、次のように答えている。

理由は付けなかったですね。なぜ三葉が手を伸ばしたのが瀧だったのか、瀧の夢が繋がったのがなぜ三葉だったのか。そこは脚本会議でも課題になったんですが、最終的にやっぱりそこは大事じゃないと思ったんです。それこそ現実においても、なぜ出会ったのか、なぜ好きになったのかっていうのは理屈で説明できることではないじゃないですか。気づいたら出会っていて、好きになっていたというのが実感だと思うんです。ふたりの夢の中での入れ替わりも、言ってみればそういうものなんですよね。あくまで出会いのフックでツール、描きたかったのは小さな心のやり取りが大きな宇宙的スケールまで広がるということだったので、そのために〈組紐〉や〈彗星〉という仕掛けを同時に考えていきました

『君の名は。』制作、とくにストーリーや設定を作成した過程については、新海監督そして本作品の制作に関わった複数の人物によって、その詳細が明らかにされてきたといえるだろう。絵コンテ集が出版され、新海監督が作成した企画書に至るまで公開されていることには、本作品の制作に関する情報を意図的に提供するという、新海監督そして制作側の方針さえも窺わせるのである。『君の名は。』は公開された当初、難解なストーリーであると評判されていた。結果、作品を鑑賞するために劇場に複数回通う人々が話題となったわけだが、あるいは、作品解釈を補助する目的において、制作側から上記のような情報提供が行われていたのかもしれない。しかし詳細については後述するが、たとえば小野小町が詠んだ和歌を基調としたことを発表するにあたって、この一首が『古今和歌集』に入集することを話題にするのみで、新海監督が「知らない者同士が、お互いに知らない場所でいきていて、もしかしたら二人は出会うかもしれない存在」であると解説した、三葉と瀧とのモノガタリに至るまで、小野小町が詠んだ和歌、さらには『古今和歌集』「恋」の部立から発想され得ることは解説されていない。新海監督を含む作品制作側から提供される情報は細部にわたっているようで、実はすべてを語るものでないことを推量させる。小稿において、『君の名は。』のストーリー、さらには登場人物を設定するにあたって参照されたであろうところを考察する所以である。

ところで新海監督は『君の名は。』公開から一年を経て、その制作にかかる「趣意書」を、みずからのTwitter（二〇一八年七月十五日）に公開した。そして「趣意書」をもって、三葉と瀧とが入れ替わるストーリーの構想を、次のように明らかにしたのである。

3年記念日？ということで、企画書から趣意書（映画のねらい）を投稿します。スタッフに向けた文章なので曖昧・乱暴な記述もありますがご容赦を。最初はこんなことを考えて作り始めたのである。もちろん、この後にプロット、脚本…と進むに随い、映画のカタチはすこしずつ変わって行くのですが

Twitterには、こういった文章が添えられているが、公開された「趣意書」には「男女が入れ替わる物語、なぜいま「とりかへばや」の物語なのか。」というタイトルが付され、「平安朝に記された作者不明の奇書『とりかへばや物語』」から「大林宣彦の映画『転校生』」「押見修造の漫画『ぼくは麻里のなか』」を取り上げるところから始めて、次のように記述されている。

男女入れ替え物語が、今となってはどこか古くさく陳腐な印象を持つのも、この「性差を浮かび上がらせる」という機能によるものだとも考える。我々の社会には、もちろん以前として性差別はあるし、不合理な男女の役割分担もある。しかし昭和の時代ほど「男らしさ」「女らしさ」の同調圧力は強くはないし、だから、「もし男女がある日突然入れかわっても、昔ほどは困らない社会」に生きているとも言える（中略）しかしそれでも、男女入れ替え物語は今でも十分に魅力的である。それは、「自分が異性だったら」という思春期のほの

かな願望が、ほとんどの人にとって覚えのある普遍的感情だからだ。そしてこの「入れ替わり願望」は、実は性の問題に限定されないもっと深く広い射程をもっているはずだと思う。すなわち「なぜ自分は他の誰かではないのか」「人間はなぜ他者に憧れるのか」「人はなぜだれかに共感できるのか」。成長物語に欠かせないこれらアイデンティティの問題を、入れ替え物語は力強く描き出す性能を備えている。男女入れ替えは、セクシャルな表現だけに比重を置いてしまうには惜しい仕掛けである。

新作アニメーション企画「夢を知りせば（仮）」で目指すのは、男女入れ替え物語の新しい形である。思春期の性が入れ替わってしまうというコミカルなドキドキは活かしつつ、目的は性差を描くことではない。本作では男女は夢の中で入れ替わるため「男◆女の日常を演じなくてはならない」という要素は薄く、それはゲームやバーチャルリアリティ的な気楽さの中で行われる。『転校生』でも『ぼくは麻里のなか』でも入れ替わりの理由や理屈は描かれないが（キャラクターを成長させるために、それはただ起きるのだ）、本作では入れ替わりは、その意味を探るミステリーの一要素となる。入れ替わりは少年と少女の個人間の問題ではなく、歴史の流れの中で仕組まれた仕掛けとして描かれる。カメラは少女と少年に寄り添って二人の成長を描くが、同時に、彼らを取り囲む大人や、彼らを産み出した風土や歴史にも目を向ける。本作は、「きみとぼく」の成長物語を、そのクローズドな魅力は保持しつつもいかに大きな世界や歴史に繋げていくかの試みでもある

『君の名は。』に描かれた三葉と瀧とが入れ替わるストーリーは「少年と少女の個人間の問題ではなく、歴史の流れの中で仕組まれた仕掛けとして描かれる」という。小稿は、この「趣意書」の最後に「本作は、「きみとぼく」の成長物語を、そのクローズドな魅力は保持しつつもいかに大きな世界や歴史に繋げていくかの試みでもあ

る」と記される、とくにいえば「いかに大きな世界や歴史に繋げていくか」という制作意図ともいうべき、その「大きな世界や歴史」を考察することも目的としている。この「趣意書」に明らかにされているように、『君の名は。』の制作には、三葉と瀧との入れ替わりの「意味を探るミステリーの一要素」として「少年と少女の個人間の問題ではなく、歴史の流れの中で仕組まれた仕掛けとして描かれる」のである。三葉と瀧との入れ替わりが、いかなる「歴史の流れの中で仕組まれた仕掛け」によって生じたのか、その世界観を支える歴史的背景を含めて、以下に考察を試みていきたい。

一　小野小町の和歌「夢としりせば」をめぐって

新海監督は『君の名は。』を構想するにあたって、小野小町が詠んだ和歌「思ひつつ寝ればや人の見えつらむ夢としりせば覚めざらましを」を基調としたことを明らかにする。しかし、小野小町が詠んだ和歌を基調としたことと、この一首が『古今和歌集』に入集することを話題にするのみで、新海監督が本作品について語った「知らない者同士が、お互いに知らない場所でいきていて、もしかしたら二人は出会うかもしれない存在」であるという、三葉と瀧とにまつわる設定に至るまで、小野小町が詠んだ和歌、さらには『古今和歌集』「恋」の部立から発想され得ることは解説していない。新海監督が本作品を構想したと発表した一首が『古今和歌集』巻第十二「恋歌二」巻頭歌であり、この巻頭歌を含む次に引用する八首（巻十二「恋歌二」巻頭から配列される五五二〜五五九番歌）が「いまだに会えない恋の苦しさ」を詠んだ和歌として配列されており、さらに、これら八首が「夢路に通う想い」を詠んだ一群の和歌であるからである。そこでまず『古今和歌集』巻第十二「恋歌二」の巻頭歌（先に引用した小野小町の和歌、すなわち本作品を構想するうえに基調とされた一首）から「夢路に通う想い」を詠んだと読解し得る八首を引用して、『君の名は。』に描かれる三葉と瀧とのストーリーを発想するうえに有効であることを確認する。

『古今和歌集』巻第十二「恋歌二」（新日本古典文学大系『古今和歌集』より引用）

題しらず　　小野小町
552 思つゝ寝ればや人の見えつらむ夢としりせば覚めざらましを
553 うたゝねに恋しき人を見てしより夢てふ物は頼みそめてき
554 いとせめて恋しき時はむばたまの夜の衣を返してぞ着る

素性法師
555 秋風の身にさむければつれもなき人をぞ頼む暮るゝ夜ごとに

下出雲寺に人の業しける日、真静法師の、導師にて言へりける言葉を、歌によみて、小野小町がもとに遣はせりける　　安倍清行朝臣
556 つゝめども袖にたまらぬ白玉は人を見ぬめの涙なりけり

返し　　小町
557 おろかなる涙ぞ袖に玉はなす我は塞きあへずたぎつ瀬なれば

寛平御時后宮歌合の歌　　　　　　　　　　　藤原敏行朝臣

558 恋ひわびてうち寝るなかに行かよふ夢の直路はうつつならなむ

559 住の江の岸による浪よるさへや夢の通ひぢ人目よく覧

巻頭歌である五五二番歌が『君の名は。』制作において基調とされていることはすでに発表されているが、五五三番から五五五番の三首にも、会ったことのない人物を「夢」にみつつ、次第に慕っていくという、そんな恋心を読み取らせる。三葉と瀧とが「夢をみている」と表現される入れ替わりを繰り返しながら、入れ替わった時間に起きた出来事をiPhoneに書き残すというルールのもとに、互いを感じ、互いを知り、やがては心を通わせるようになっていく、そういった過程を想起させる。さらに五五六・五五七番の両歌には「涙」が詠み込まれている。『君の名は。』冒頭に、三葉が語る「朝、目が覚めると、なぜか泣いている。そういうことが、時々ある」という言葉を想起させる。また『古今和歌集』巻第十二「恋歌二」には「いまだ会えない恋の苦しさ」を詠んだ和歌を配列するなかに「人を恋する涙」を詠んだ以下の和歌も入集している。

（題知らず）　　　　　　　　　　　　　　　紀貫之

572 君こふる涙しなくは唐衣むねのあたりは色もえなまし

題しらず

573 世とともに流てぞ行涙河冬もこほらぬ水泡なりけり

574 夢路にも露やおくらん夜もすがら通へる袖のひちてかわかぬ

575　はかなくて夢にも人を見つる夜はあしたの床ぞ起き憂かりける　素性法師

『君の名は。』に描かれた三葉と瀧との涙は、『古今和歌集』巻第十二「恋歌二」から発想し得る描写であることを指摘しておきたい。そして、その「人を恋する涙」を配列するに先立って、次の一首が配列されている。

571　恋しきに侘びて魂まどひなば空しきからの名にや残らむ

五七一番歌に詠み込まれた「魂まどひ」「名にや残らむ」という詞にも、もちろん本来の和歌解釈とは異なるものの、『君の名は。』における三葉と瀧とを想起させるのではないだろうか。なお、先に引用した五五八番と五五九番の両歌には「行かよふ夢の直路」「夢の通ひぢ」という和歌表現が詠み込まれている。現実には会うことが不可能な三葉と瀧（二人が生存する時空には三年というタイムラグがある）との出会いを、そして彼らの入れ替わりを発想させることを指摘できよう。『君の名は。』のストーリーを構想するにあたって、すでに公開されている小野小町が詠んだ一首のみでなく、その一首が入集する『古今和歌集』「恋」の部立に意図された「いまだ会えない恋の苦しさ」を詠んだ和歌を配列する、『古今和歌集』撰者が発想したストーリーを基調としたであろうことを、さらにその「いまだ会えない恋の苦しさ」を表象するストーリーのなかで「夢路に通う想い」を詠んだ一群の和歌（先に引用した八首ほか）の影響を指摘することができる。ちなみに『古今和歌集』に入集する和歌が、個々の和歌作者の意図したところとは別に、撰者によって新たなストーリーを加えられ、そのストーリーを表象するべく、選者の発想した時系列をもって配列されていることは周知である。研究者間に、和歌を配列するストーリーに関する見解は相違する。しかし、巻第十一から巻第十五すなわち「恋歌一」から「恋歌五」に入集する三六〇首が「恋の始まり」から「恋の終焉」に至るまでを、さまざまな状況や場面を設定して配列されていることは研究者間にも共通しており、通説とみなされている。そして小稿に指摘しておきたいのは、『古今和歌集』撰者たちが選歌した和歌に独自な解釈を加え、新たなストーリーを付加して配列したように、新海監督もまた『古今和歌集』「恋」の部立から『君の名は。』を発想するにあたって、現代に生きる高校生の男女を主人公とする新たなストーリーを創造していることである。日本の古典文学を基調におきつつ、新たなストーリーを創造し構想するという、ストーリーを作成する方法においても、新海監督が日本の古典作品の編纂（形成）過程を髣髴させる方法をもって『君の名は。』を作成していることを指摘することになる。

二　「かたわれ時」の意義

さらに『君の名は。』を読解するキーワードの一つである「かたわれ時」という言葉、そしてその時間を描写した場面にも、和歌とくに勅撰和歌集から発想されていることを指摘できる。「かたわれ時」とは夕暮れ時を意味する、新海監督の造語である。三葉と瀧とが存在する、三年のタイムラグを有する二つの時空が一瞬交わる時間であり、二人が出会う奇跡が起きた時間の呼称である。そして彗星落下によって三葉を含む糸守町の人々が数多く死亡する時空から、彼らが生存する未来を導く時空へと移行するターニングポイントを意味する時間、『君の名は。』におけるクライマックスを描写する時間の呼称として、新海監督が造語した言葉なのである。もちろん「かはたれどき」「たそかれどき」といった、既存の言葉を使用することも可能であったと考える。しかし、あえて「かたわれ時」と造語したのは、「かたわれ」という語が「対をなす欠片」を意味するからであり、作品中において、宮水神社の御神体に奉納された「口噛み酒」が「三葉の半分」と表現され、その「口噛み酒」を飲んだ瀧が三葉の記憶を共有し、三葉が死亡した時空から、いまだ生存する時空に移行することに成功し、二人が再び入れ替わりを果たすストーリーを展開させることとも無関係ではない。三葉と瀧とは、それぞれの「かたわれ」であった。そして「かたわれ時」という言葉を想起させたであろうことを、『拾遺和歌集』巻第十三「恋三」に配列される「雲隠れする月」すなわち「あうことのかなわない恋人」を詠む、次に引用する三首に指摘することができるのである。

『拾遺和歌集』巻第十三「恋三」（新日本古典文学大系『拾遺和歌集』より引用）

（題知らず）　（人麿）

783　三日月のさやかに見えず雲隠れ見まくぞほしきうたてこの頃

784　逢事はかたわれ月の雲隠れおぼろげにやは人の恋しき　よみ人知らず

785　秋の夜の月かも君は雲隠れしばしも見ねばこゝら恋しき　人麿

『君の名は。』作品中、「かたわれ時」という言葉の初出は、三葉が通学する高等学校で、国語（古文）の授業が行われている場面である。生徒の一人が口にした「かたわれ時」という言葉に、国語科教員として登場するユキちゃん先生は「かたわれ時？ それはこのあたりの方言じゃない？ 糸守のお年寄りには、万葉言葉が残ってるって聞くし」と答える。『拾遺和歌集』に入集する「雲隠れする月」を詠む三首に、人麿（柿本人麻呂）作と作者付けされていることとも符合する。そして、この三首が「雲隠れする月」を詠み込むことで、なかなか会うことができない人を恋するせつない想いを歌った一群であると読み取らせることにも、三葉と瀧とを想起させ、二人を発想するうえに有効であったと推考させる。『君の名は。』において、二人が奇跡的に出会った「かたわれ時」が終わった後、三日月が描写されていることにも、先に引用した三首が「かたわれ時」を発想する基調であったことを確認させせよう。

夜空に輝く月や星は、光が地球に届く速度を勘案するとすれば、地球から夜空を見上げる時間とは異なる時間の像を映し出しているという。『君の名は。』の作品中、「かたわれ時」が終わった後に描写される三日月には輝く部分と影の部分との両方が描かれている。地球照と称される月である。地球照とは、地球が太陽の光を反射することによって、月の影の部分を照らし出す現象である。三葉と瀧とがタイムラグを有する二つの時空に存在するという『君の名は。』の設定を象徴しているかのように、地球照と称される月が描き出されている。二つの時空に存在する二人、いわばパラレルワールドが描き出される本作品において、地球照をも描き出す三日月がその世界観を象徴する実景として描写されていることを指摘させるのである。

三　宮水神社の女性神職

『君の名は。』に描かれた三葉と瀧とが入れ替わるストーリーについて、新海監督は「少年と少女の個人間の問題ではなく、歴史の流れの中で仕組まれた仕掛けとして描かれる」（前掲「趣意書」）と解説した。三葉が育った宮水神社の、彼女たちの居住スペースを描いた場面には、何代にも亙る女性当主（女性神職）たちの遺影が掲げられていたが、その代々の遺影、そして、三葉と瀧との入れ替わり、宮水神社に継承されてきた儀礼と伝統的営為には、一〇〇〇年周期で彗星落下を経験してきた糸守における悲劇、具体的にいえば集落の消滅と、数多くの住民の命が奪われるという悲劇を救済するべく、宮水神社の女性神職が担ってきた役割が物語られているのだろう。『君の名は。』の作品中には、宮水神社に継承される儀礼と伝統的営為とが意味するところ、さらには神社の由緒そのものについても「繭五郎の大火」によって古文書や神社そのものも焼失したために不明であると説明されている。しかし、組紐作りも、宮水神社における儀礼（巫女の神楽と口噛み酒作り・御神体への口噛み酒奉納など）も、タイムラグを生じる二つ時空に生存する三葉と瀧とが入れ替わり、彗星落下から住民を救うために必要なプロセスであったと読み取らせる。

糸守町には、糸守湖そして宮水神社の御神体が祭られる神域といった、過去二回、彗星が落下したことを推定させる場所が遺されている。そして三葉たちが彗星落下によって死亡した時空に生存する瀧（三葉が死亡した三年後、瀧は高校生になっている）は、彗星落下によって拡大した糸守湖を見る。「かたわれ時」を描写する場面において、糸守湖の形が描き分けられているのは、二人が生存する時空を象徴する風景だからだろう。宮水神社に伝わる古文書だけでなく、神社そのものも「繭五郎の大火」によって焼失したと設定されているため、宮水神社における神祇など、その詳細については不明のままだが、御神体が祭られる神域（作品中では「かくりょ」と称される）の壁画には彗星を意味する龍が描かれていた。宮水神社の由緒を確認させ、この御神体が祭られたであろう古代より、糸守には女性神職が存在していたことを、そしてその女性神職たちが糸守の住民を守ってきたことを推量させるのである。そして糸守を救済する女性神職は彗星落下を阻止したのでなく、三葉が彗星落下に際して安全な場所に住民を避難させたように、神と結ばれることによって時空を司り、彗星落下の被害を最小限に止めるべく努めてきたものと推考させる。宮水神社に継承される組紐作りには、一本一本の糸を縒り結ぶ、すなわち時空を交差させるという、いわば奇跡を呼び起こす行為が想起される。時空を司る女性神職の役割を、象徴する営為であったことを指摘させるのである。糸守という地名が糸による守りを意味していたことも、同様の意味を持っていたと確認させよう。三葉の祖母である宮水一葉が「わしも少女の頃、不思議な夢を見とった覚えがある（中略）夢で、誰になっとったんか。今ではもう、記憶から消えてしまったが（中略）わしにも、あんたの母さんにも、そんな時期があったで」と語るのにも、宮水神社の女性神職たちが継承し続けてきた役割を窺わせるのである。

ところで、三葉の父親、宮水俊樹については『君の名は。』の作品中では、三葉の母が病没した後、宮水神社の神主を辞し、糸守町の町長になったと説明されるのみである。しかし彗星落下から住民を救うために、三葉の父は一役かった。作品中には、三葉たちが救われた時空の、彗星落下以後を描いた場面に、テレビやネットニュース、週刊誌や新聞の記事として次のように紹介されている。

- テレビニュース「彗星災害　高校校庭にて町民避難を確認（自衛隊提供映像）」
- ネットニュース「変電所で謎の爆発か……隕石落下直前に」
- 新聞記事「隕石直撃　町が消え…前代未聞の自然災害、住民奇跡的に無事、（偶然にも町を挙げて）の避難訓練（をしていて町民大半が被害範囲外の場所にいた）」
- 週刊誌記事「奇跡の立役者　宮水町長の思惑と暗躍　民俗学者→神主→町長　異例のキャリア　旧糸守湖も隕石湖、謎の因縁・あり？」

また新海監督自身が著作した『小説君の名は。』（角川スニーカー文庫　二〇一六年）には、次のように記述されている。

彗星の破片が一つの町を破壊した、人類史上まれに見る自然災害。それなのに町の住民のほとんどが無事だったという、奇跡のような一夜。彗星落下のその日、糸守町では偶然にも町を挙げての避難訓練があり、町民の大半が被害範囲の外にいたというのだ。あまりの偶然と幸運に、災害後は様々なうわさが囁かれたことを覚えている。未曾有の天体現象と、並外れた町民の幸運は、多くのメディアと人々の想像力を掻き立てるに十分だったのだ。糸守町の龍神伝説と彗星来訪を関連づけた民俗学めいたもんから、避難を強行したという糸守町町長の強権発動を称賛したり疑問視したりする政治的言説、さらには隕石落下は実は預言されたものだったとするオカルトめいたものまで、雑多で無責任な言葉が連日乱れ飛んでいた三葉の父は彗星落下の大災害から住民を救ったのである。三葉の言葉を受け入れ、高等学校の校庭に避難することを、町長として勧告したのだ。しかし三葉の父は、彗星落下を告げる三葉（瀧が入れ替わっている）に「妄言は宮水の血筋か」と吐き捨てるように言い放っている。三葉の父、俊樹が「妄言」と表現したのは、三葉の母である二葉が語った言葉を指すであろうことを、また二葉が他者と入れ替わりを果たしていたことを俊樹に語り、彗星が落下することを俊樹に預言していたことを読み取らせるのである。二葉から彗星落下を預言されていたのであれば、二葉の死後、俊樹が神主を辞めて糸守町町長を目指した理由も説明できる。町長とは、しかるべき自然災害から住民を救済する立場にあるからである。二葉が預言した自然災害から住民を救うために、俊樹は神主を辞して、町長になることを選択したと読み取らせるからである。先に引用した週刊誌の記事に拠れば、俊樹は宮水神社の神主を勤める以前に民俗学を学んでいたという。糸守を守る女性神職、そして宮水神社に継承される儀礼について、俊樹は自らの研究をとおして、その意味するところを知っていた可能性が高い。そして、糸守を守る女性神職である二葉も、三葉と同様に、来るべき彗星落下から住民を救うために「夢」をみていたと考えられる。二葉の「夢」を、彼女の夫である俊樹が知っていて、またその「夢」を裏付ける、糸守の地形や宮水神社に継承される儀礼を、俊樹は民俗学的見地から検証していたと考えられる。俊樹が彗星落下について半信半疑でありながら、宮水神社の女性神職とは異なる方法で、すなわち信仰によって支えられる統治でなく、近代国家における法による統治を目指していたことを読み取らせる。『君の名は。』には、三葉と瀧とのモノガタリだけでなく、その前段階に存在した俊樹と二葉とのモノガタリも描き込まれていたと考えられる。そして二葉が三葉と同様に「夢」をみていたとすれば、つまり他者と入れ替わっていたとするならば、それは俊樹以外の人物では考えられない。作品中には「夢」を見ている時空で経験したことは「夢」から覚めた後には忘れてしまうと設定されている。俊樹にとって、二葉と共有した経験は、夫婦として暮らした実生活のみ記憶されていたに違いなく、それゆえに二葉の言葉を「妄言」と判断していたに違いない。そしてその「夢」における記憶が、三葉によって呼び起こされ、さらには彗星が割れる実景によって思い起こされたのだろう。俊樹もまた、二葉とのモノガタリを経て、彗星落下による大災害から住民を救うことに成功する。

宮水神社は、彗星落下によって周期的に大災害を経験する地域に住む人々を救済する拠点であり、その役割を担う宗教拠点として設定されている。そしてその信仰は、女性が支えてきたのである。新海監督が構想したモノガタリには、宮水神社の御神体が祭られた当初から、女性たちが継承してきた役割が描かれていたのだ。そして二葉と俊樹とが結ばれたように、入れ替わりを果たし「夢」をみた三葉と瀧とが、やがて結ばれるであろう未来も約束されていたのである。三葉が彗星落下から生き残った時空において、瀧と巡り合うラストシーンは、宮水神社に継承される女性たちと、その女性たちと入れ替わりを果たした男性たちとに継承されるストーリーであったと読み解いておきたい。

むすびにかえて

ところで、新海監督は二〇一九年七月十九日『天気の子』を公開するにあたって、その公開前日のインタビューに『君の名は。』に関して次のように語っている（「新海誠監督　批判を乗り越えた先に」ＮＨＫ　ＮＥＷＳ　ＷＥＢ　二〇一九年七月十八日）。

「君の名は。」という作品は、すごくポジティブな意見をたくさん届けてくれた映画ではあったんですけど、それと同時に大きな批判もすごくいただいた映画だったんですね。その中でショックを受けた意見もいくつかあって。例えば「災害をなかったことにする映画だ」という言われ方には、結構ショックを受けたんですね。確かに見方によってはそういう見方ができなくもない。「君の名は。」の中で災害は起きるんですが、死んでしまった人を生き返らせる。僕はあれは、生き返らせる映画ではなく、未来を変える映画のつもりで作ったんですよ。あるいは、強い願いそのものを形にするとこういうものなんじゃないかっていう形が、映画の『肝』だったんですけど。でも、「代償もなく死者をよみがえらせる映画である」「災害をなかったことにする映画である」という批判は、ずしんとくるものがあって

新海監督はこのインタビューにおいて「日本の四季って穏やかで美しくて情緒的なものという気分で描いてきたんですけど、「君の名は。」が公開された二〇一六年あたりから、季節の移り替わりは、楽しみなものというよりは、危ないものになってきた」と語ってもいる。二〇一一年三月十一日に発生した東日本大震災、そしてその後も日本を襲った自然災害は数多かった。自然災害から人々を救済するストーリーを展開する『君の名は。』が「代償もなく死者をよみがえらせる映画である」「災害をなかったことにする映画である」という批判」を受けたとすれば、それはあまりに曲解であっただろう。自然災害その被害に遭遇した人々にとって、それは許されるべくもない感情を呼び起こすからである。『君の名は。』の作品中には、三葉の祖母である一葉が「ムスビ」について語る場面が描かれている。宮水神社の女性神職が神と結びつき繋がるために儀礼を執行してきたことを、御神体に口噛み酒を奉納する所以として次のように語るのである。

水でも、米でも、酒でも。人の体に入ったもんが、魂と結びつくこともまた、ムスビ。だから今日の御奉納は、神さまと人間をつなぐための、大切なしきたりなんやよ

そしてこの「ムスビ」という言葉が『君の名は。』という作品に深い意味を有することを示唆しているかのように、一葉は次のようにも語っている。

土地の氏神さまをな、古い言葉でムスビって呼ぶんやさ。この言葉には、ふかーい意味がある。糸を繋げることもムスビ、人を繋げることもムスビ、時間が流れることもムスビ、ぜんぶ、神さまの力や。わしらの作る組紐も、せやから、神さまの技、時間の流れそのものをあらわしとる。よりあつまって形を作り、捻れて絡まって、時に戻って、途切れ、またつながり。それがムスビ。それが時間。

アニメーションが仮想世界を描くとしても「代償もなく死者をよみがえらせる映画である」「災害をなかったことにする映画である」といった批判は『君の名は。』という作品に適当ではない。一葉が語った「ムスビ」という言葉を検証するとすれば、それは明白である。一葉の語った「ムスビ」という言葉には「ムスビ」と称されてきた「土地の氏神」の力によって、つまり神の意志に添うべく、代々における女性神職が担ってきた役割を説明されている。人間が自然や神を支配する、言い換えるとすれば人間がそれらを凌駕する存在として描かれているとは読み解けず、「代償もなく死者をよみがえらせる」「災害をなかったことにする」という、ただただ荒唐無稽なアニメーションとして制作されているとは解釈できないからである。そしてこの「ムスビ」という『君の名は。』にお

けるキーワードが「折口名彙」であることにも、新海監督が「歴史の流れの中で仕組まれた仕掛け」（前掲「趣意書」）と語っていたことを想い起こさせるのである。「折口名彙」とは、折口信夫の学問における独特な学術用語であり、折口の弟子であった池田弥三郎が折口研究の方法として提唱した。「ムスビ」は、まさにその一つなのである。『君の名は。』制作の背後には、意識的であったか、あるいは無意識的であったとしても、日本文学に描かれてきた美意識や価値観に限らず、折口学に提唱されてきたような神、すなわち日本思想として培われてきた広大な沃野をかいま見ることができるのである。

さて小稿では、新海監督作品である『君の名は。』が、日本の古典文学を代表する勅撰和歌集に発想を得つつストーリーを作成し、登場人物を設定したであろうことを確認した。新海監督の描く風景すなわち背景描写が、四季の推移を描く技法を含めて卓抜であることは周知であろう。日本の古典文学さらに言うとすれば前近代における美意識や価値観に相当する思想世界と共有する、そんな映像美をも指摘させるのである。さらに新海誠監督が制作するアニメーションには、『君の名は。』に限らず、現代社会さらには近未来を舞台としながらも、そこに描かれるストーリーそして刻々と推移する登場人物の感情、それら登場人物の背景に描かれる風景など、日本人が表現し続けてきた伝統的な感情世界や、それを表現するために工夫されてきた比喩的方法を髣髴させるのである。アニメーションは、サブ・カルチャーあるいはポピュラー・カルチャーと位置づけられるが、日本人は現代、こういったアニメーション作品から、日本の前近代を感じ、さらには識るに至る。この傾向は、新海監督作品に限ったことではなく、アニメーションやマンガ、ゲームといったポピュラー・カルチャーが、日本の伝統的世界観や美意識を現代に伝え、近代化により失った思想世界を現代に伝えるツールとなりつつあることを指摘させる。日本の前近代を伝える役割を担うとすれば、アニメーションを含むポピュラーカルチャーが現代社会に与える役割は看過しがたい。新海誠監督作品『君の名は。』に通底するのは、日本の伝統的美意識や信仰といった思想、前近代の日本が大切にしてきた、いわば日本人の価値観というべきところである。つまり今後の日本社会において、アニメーションを含むポピュラーカルチャーが担うべく、さらにはその制作に関わるクリエーターたちに期待されるところは多大であるといっても過言ではなく、小稿はそういった状況であることを指摘することをも目的とする。

The Aesthetiicism of *Shintaishi* Poetry:

The Influence of English Romanticism on Japanese *'Rōman-Shugi'*

TAKAHASHI, Miho

1 Introduction

Critical studies on the Japanese reception of English Romanticism have been progressing by Japanese researchers. Some of the recent studies have successfully summarized the history of the academic reception of English Romantic writers in Japan. However, there are few comprehensive studies concerning the concrete examples of adaptation by Japanese Romantic writers as a result of the reception of English Romanticism and as direct influences of English Romantic writers.

This paper focuses on the reception of English Romanticism and the adaptation from English Romantic works in the Meiji era, when Japanese Romanticism called '*Rōman-Shugi*' began. The paper introduces the examples of Japanese adaptation of major English Romantic writers' works, with the most effective use of a limited number of materials[1]. Then, an exploration of the aesthetic features in the Japanese adaptation concludes that *Shintaishi* poets, among Japanese Romantic writers, created the most beautifully inspired works in their own way. They correspond to the Japanese poetic tradition and aestheticism, and bear a characteristic of the aesthetic quality of Modern Japanese Romanticism.

2 *'Rōman-Shugi'* or Japanese Romanticism

Romanticism in modern Japan is different from what is generally considered as 'Romanticism' in Europe. Japanese Romanticism is called '*Rōman-Shugi*' in Japanese, translated into Japanese and applied *Kanji* (Chinese) characters 浪漫主義 by a famous writer Sōseki Natsume (1867–1916). The Japanese Romantic movement occurred during the radical modernization from the Tokugawa feudal society into the Meiji civil society. Thus it is characterized by the radical claim for the establishment and expansion of ego or individual self, and for the liberty of thought and feeling. At the same time, it comprises these contradictory characteristics as its background: a rebellion against the pre-modern Confucian ethics and the feudal customs as a result of accepting Western culture and Christian thought; a resistance to the Western rationalism and utilitarianism, by maintaining Japanese traditional aesthetic sense.

The Japanese Romantic movement is ephemeral, by definition, starting with a novel *Maihime* [*The Dancing Girl*] (1890) by Ōgai Mori (1862–1922) and finishing with the rise of Japanese Naturalism around 1907. Ōgai[2] studied in Germany from 1884 to 1888, and wrote the novel based on his unhappy love experience with a local German girl. As Ōgai translated Goethe's *Faust, Maihime* is often compared with *Faust, Part One* (1808). This might be one of the reasons why Japanese Romanticism gives the impression of having more influences from German literature, back from the *Sturm und Drang* period, than any other Western literature.

The *Rōman-Shugi* movement proceeded with a literary circle called 'Bungakukai' [Literary World]; a circle of young literati gathering around the journal *Bungakukai* (1893–1898). Tōson Shimazaki (1872–1943), Tōkoku Kitamura (1868–94), and other coteries of *Bungakukai,* advocated the admiration of beauty and freedom, the liberation of humanity, and the exploration of

human emotion. They ultimately aimed at establishing an individual self. Chogyū Takayama (1871–1902), a literary critic and philosopher, advocated the satisfaction and expansion of ego, and carried out a theoretical support of Japanese Romanticism until he died young of tuberculosis.

Around the turn of the century, in the 30s of the Meiji era (1897), the Japanese Romantic movement was in full bloom with the prime of Japanese poetry. The monthly *tanka* magazine *Myōjō* [*Bright Star*] (1900–1908) became a mainstream of the movement. *Myōjō* was founded by the famous couple of *tanka* poets, Tekkan Yosano (1873–1935) and Akiko Yosano (1878–1942). Within the traditional *tanka* style (5–7–5–7–7 metre) with sensational subjects and unconventional vocabulary, the essence of their new *tanka* expresses the liberation of ego, the supremacy of passionate love, and the euphoria of aesthetic fantasy. Akiko's first collection *Midaregami* [*Tangled Hair*] (1901) was the most successful volume in the field at that time. Her four hundred love *tanka*s became a monumental achievement for encouraging female writers to enjoy their freedom of speech, and for enhancing a revolutionary image of 'New Women.'

On the other hand, influenced by Western poetry and seeking a different style from the traditional Japanese poetry, there originated a new poetic style named '*Shintaishi*' [new style verse] in 1882. One of the outstanding works is Tōson Shimazaki's first collection *Wakana-shū* [*The Poetry of New Herbs*] (1897). It was followed by the contributors to *Myōjō* or *Bungakukai* magazines, such as Ariake Kambara (1875–1952) and Kyūkin Susukida (1877–1945). Their works are considered as typical *Rōman-Shugi* poetry, both in subject and in style. Among the works of Japanese *Rōman-Shugi*, the *Shintaishi* poetry has the most significant connection to English Romanticism and the most epochal influences from English Romantic poetry.

As for the novels, the following are included: a novella *Takekurabe*

(1895) [*Growing Up,* trans. by Seidensticker, 1956] by Ichiyō Higuchi (1872–1896), the first prominent woman writer in the Meiji era; a collection of short stories *Musashino* [*Musashino Plain*] (1901) by Doppo Kunikida (1871–1908); a serialized novel *Hototogisu* (1898–1899) [*Nami-ko*, trans. by Shioya and Edgett, 1905] by Roka Tokutomi (1868–1927); a supernatural fantasy *Kōya-Hijiri* (1900) [*The Saint of Mt. Koya*, trans. by Kohl, 1990] by Kyōka Izumi (1873–1939).

After the 40s of the Meiji era, around 1907, the literary trend of the time had moved from Romanticism to Naturalism. The characteristics of Japanese Romanticism were also transmuted into exoticism and decadence. This new movement is called '*Shin Rōman-Shugi*' [Japanese Neo-Romanticism] or '*Tanbi-ha*' [Japanese Aestheticism]. In 1935, looking for a new form of Japanese Romanticism, '*Nihon Rōman-ha*' [Japanese National Romanticism] rose with a magazine *Nihon Rōman-ha* (1935–1938), edited by Yojūro Yasuda (1910–1981). The idea of the group was rather ultranationalistic. Far away from Meiji *Rōman-Shugi*, the Japanese National Romantic movement relatively reflected the political situation and the atmosphere of the time drifting to militarism.

Therefore, to find influences from English Romanticism on Japanese literature, we should trace the authentic approach to English Romantic poetry by the *Shintaishi* poets during Meiji *Rōman-Shugi* period.

3 The Japanese Reception of English Romanticism

After the Meiji Restoration in 1868, Western literary works were welcomed and translated into Japanese. In 1871 English Romantic poets were first introduced to Japan by Masanao (Keitarō) Nakamura (1832–91), through his Japanese translation of *Self-Help* (1859) by Samuel Smiles (1812–1904). The

translation *Saigoku-Risshihen* [*The Stories of Self-Made Men in the West*] (1871) had been in great demand throughout the following decades, with more than one million copies sold by the end of the Meiji era (1868–1912). It had been influential to the ideology and culture of the period when the public aspired to improve themselves in the newly democratized society, because 'Nakamura intentionally emphasized the successful aspects of the poets so that the books would be accepted as a part of the general trend of rising in the world. He stressed Scott and treated Wordsworth, Coleridge, Byron, Shelley, and Keats as models of rising from low status to higher.' (Okada 27). Thanks to the deliberately distorted introduction by Nakamura, just as the book was enthusiastically received by the Japanese public, so the translated works of the Romantic poets were fervently received by the Japanese literary world.

Among the major Romantic poets, Wordsworth (1770–1850) is the first and most favourably accepted one in Japan, because his idea of nature and spirituality corresponds to that of the Japanese poetic tradition. His poems are translated and adapted by such Japanese writers as Doppo Kunikida, Koshoshi Miyazaki (1864–1922), Tōson Shimazaki, Hakuu Urase (1880–1946), and so on. The influences of Wordsworth on Doppo have been well known and well discussed both academically and conceptually in Japan.

4 The Influences from Wordsworth on Doppo Kunikida

When Doppo Kunikida started reading *The Complete Poetical Works of William Wordsworth* (John Morley ed., Macmillan 1888) around 1890, there was no Japanese translation of Wordsworth's major works but a few translated poems such as 'Michael' (translated and published in 1891), 'We Are

Seven' and 'The Fountain' (in 1893). Koshoshi Miyazaki, who translated the last two of these poems in *Koshoshi Shishū* [*Collection of Koshoshi's Poetry*] (1893), wrote a book *Woruzuworusu* [*Wordsworth*] (1893) in Japanese. It is the first biographical study on Wordsworth in Japan, mostly based on F. W. H. Myers' *Wordsworth* (1878), and partly on Matthew Arnold's *Poems of Wordsworth* (1879), which Doppo later read after reading Morley's edition. Doppo did not read Myers' version, but through the study by Koshoshi, Doppo got some mingled influences from those English critics on his inclination to Wordsworth and on his own writings.

Doppo's first novel is a short story called 'Gen Oji' ['Uncle Gen'] (1897), an adaptation of Wordsworth's 'Michael' (1800). Gen was an old ferryman famous for well-singing, living in a village called Saeki in Kyūshū. After he lost his wife and son, he stopped singing. Some years later Gen happened to adopt a beggar's boy, and started singing again, glad to have a son again at home, but the boy ran away from him. Gen was devastated by the loss, and silently hung himself. He was buried together with his wife and son. The nature in Saeki is depicted as beautifully as that in 'Michael.'

In 1898, influenced by the translations of Turgenev (1818–83) by Shimei Futabatei (1864–1909), Doppo wrote a short story 'Ima-no-Musashino' ['Musashino Now,' later retitled 'Musashino'] (1898) to start his career as a Romantic writer. In this period he wrote many short stories, which were later included in his first collection *Musashino* (1901). Among them, 'Koharu' ['Indian summer'] (1900) is another adaptation from Wordsworth's work.

The narrator [Doppo] recollects his days in Saeki and his love for Wordsworth: how he was moved to tears by 'Michael'; how he became fascinated by Wordsworth's idea of nature and of time; and how he acquired the original texts of Wordsworth. It is well known that Doppo's favourite phrase is 'The still, sad music of humanity' quoted from 'Lines Composed a Few Miles

above Tintern Abbey' (1798). Into the story, Doppo inserts his own translation of the poem, and even quotes some lines from the original text. The narrator takes a walk with a young painter named Koyama, with whom he identifies what he used to be in Saeki. Through Koyama, Doppo looks back on his young days as Wordsworth did through Dorothy. Koyama is compared to spring in life, while the narrator compares himself to 'Koharu,' late autumn, just before winter of death. At the end of the story, Koyama says cheerfully that spring will come back soon after winter.

This story and the poetical citation would naturally lead us to the textual relevance of 'Lines Composed a Few Miles above Tintern Abbey.' Referring to the previous studies, Minbu Kawamura (2014) discusses in detail the relations between the two works, and concludes that Doppo regained the independence of his heart beyond the rule of time, recollecting his love for Wordsworth, and returned to beauty, loneliness, perfection, and eternity in nature (53–60).

In 1903, Doppo changed his style from Romanticism to Naturalism. He is now regarded as a pioneer in the field of modern Japanese Naturalist novels. One of his Naturalist works, 'Haru no Tori' ['A Spring Bird'] (1904), shows his interpretation and adaptation of Wordsworth's poem 'There was a Boy' (1798). The narrator [Doppo] recollects his days in a village [Saeki], where he met a mentally challenged boy in a ruined castle. The boy looked like an angel, a child of nature, to him. The boy was extremely fond of birds. One spring day the boy was found dead below the highest stone wall of the castle. The narrator thought of the poem 'There was a Boy,' and of nature and spirituality. He imagined how the boy tried to fly like a bird, and believed that one of the spring birds flying in front of him should be a reincarnation of the boy. Since Doppo mentioned the poem in the story, many previous studies have dealt with the connection to Wordsworth. In this way,

even after leaving Romanticism for Naturalism, the influence of Wordsworth has been sublimated in the works of Doppo, who died of tuberculosis, in poverty, at the age of 38.

5 Wordsworth and Other Japanese Romantic Writers

Tōson Shimazaki, a poet and novelist, first translated and introduced Wordsworth's 'To the Cuckoo' in a magazine *Jogaku-Zasshi* [*Feminist Journal*], and declared the new era of modern Japanese poetry in the preface to his first collection *Wakana-shū* (1897) in the same way as Wordsworth did to the second edition of *Lyrical Ballads* (1800). In his preface Tōson translates and quotes Wordsworth's famous phrase: 'Poetry is the spontaneous overflow of powerful feelings; it takes its origin from emotion recollected in tranquility.' The preface had a great influence on his contemporary poets, and led the Romantic movement in Japanese poetry. Tōson launched three more poetical collections, but soon left Romantic poems for Naturalist novels, and proceeded from the literary circle of *Jogaku-Zasshi* to that of a new magazine *Bungakukai*.

Hakuu Urase published the first Japanese translation of Wordsworth, *Wordsworth-no-Shi* [*Wordsworth's Poems*] (1905). This book is also known for its perfunctory preface, written by his tutor Sōseki Natsume, a scholar and one of the most famous Japanese writers. Hakuu japanizes the titles of the poems in his translation, probably because 'Urase tries to make the poems familiar to the Japanese reader in the general atmosphere of feverish fascination with Wordsworth' (Okada 31). Sōseki, as a scholar, writes 'Eikokushijin-no-Tenchisansen-ni-Taisuru-Kan'nen' ['English Poets' Ideas of Nature'] (1893), an academic essay on Wordsworth and Robert Burns (1759–1796), focusing on their perspective on nature. However, as a novelist, Sōseki has

more significant influences from Shelley and Victorian writers.

In short, Wordsworth is strongly connected to the Japanese Romantic movement. The love for Wordsworth was later passed from the Japanese Romantic writers to Jūji Tanabe (1884–1972), an essayist on nature and a scholar of English literature. His translation of Wordsworth in Iwanami paperback series (1950) has become a long-selling book, for almost seventy years, still considered as the best edition.

6 The Japanese Reception of Coleridge

In contrast to Wordsworth, Coleridge (1772–1834) was unpopular in Japan until the early twentieth-century, although he was acknowledged as Wordsworth's friend. As is the case with Wordsworth, Coleridge's name was known to Japanese readers for the first time through the Japanese translation of Smiles' *Self-Help*. A recent study on Coleridge by a Japanese scholar Kaz Oishi (1968–) precisely and exhaustively expatiates on the Japanese reception of Coleridge. All the details on this topic are left to Oishi's comprehensive article (2013). Here, quoting some essential information from the article, is a brief introduction of the reception and adaptation of Coleridge in modern Japan.

The general impression of Coleridge in the Meiji era was 'a lethargic, dissipated poet. [...] Coleridge was received by some Japanese readers as a decadent aesthete» because the *Bungakukai* group promoted the image of decadent Coleridge.' (Oishi 86). Yet in early twentieth-century Japan, 'Kubla Khan' was not as popular as 'The Rime of the Ancient Mariner,' *Christabel*, and 'Love,' because 'its oriental setting did not attract much critical attention' (Oishi 87).

Ariake Kambara (1875–1952), a writer of the *Bungakukai* group, is one

of those who did appreciate the oriental aspect of Coleridge as well as his decadent, aesthetic feature. More interesting and unique is his poetical adaptation. Ariake 'tried to adapt all the techniques and forms he learnt from these Western poems to his own poems. [...] And he tried to create an equivalent form in Japanese with oriental subjects' (Oishi 92–3). Among Ariake's experimental sonnets and ballads in Japanese, Oishi evaluates a ballad 'Ningyo-no-Umi' ['The Sea of the Mermaid'] (1908) in the manner of Coleridge's 'Ancient Mariner,' as '[t]he supreme outcome of Kambara's intensive effort to harmonize orientals with Western poetics' and 'as a purely sentimental narrative about a seductive, even sensuous mermaid. Kambara clearly seeks to apply what he learnt from Rossetti and French Symbolists to his Coleridgean ballad.' (Oishi 93). 'Ningyo-no-Umi' is a three-line ballad in seven-and-five syllabled metre, full of motifs and images echoed with each other visually and aurally by a network of repetition. In his collection *Ariake-shū* [*Poetry of Ariake*, or *Poetry of Dawn*] (1908), there are some adaptations from Dante Gabriel Rossetti (1828–1882), from Omar Khayyám (1048?–1131?), and from William Blake (1757–1827). Ariake puts 'Ningyo-no-Umi' at the very end of the collection, which implies that he himself considered this poem as his best.

Kōnosuke Hinaz (1890–1971), a 'Gothic Roman' poet and scholar, was inclined to Coleridge along with Keats and decadents. He 'actively disseminated English Romanticism, French Symbolism and decadence from the late 1910s through his monographs, translations and periodicals, as well as his own poetical works, and synthesized them into an oriental kind of Gothic-Mystic aestheticism.' (Oishi 94). Moreover, Oishi places Hinaz's 'oriental kind of Gothic-Mystic aestheticism' in the genealogy of English Romanticism and French Symbolism (97).

Thus in modern Japan, Coleridge was received as a decadent poet, rather

than as a Romantic one. The appreciation of Coleridge by the two Japanese writers, integrated with that of French Symbolists, led to a new fusion of the oriental and the exotic, in a beautiful poetic style.

7 Byron and His Japanese Admirers

The reception and adaptation of English Romantic writers in Japan, as mentioned above, is deeply related to the literary circle *Bungakukai*. A direct influence came from a collection of translated Western poems *Omokage* [*Vestige*] (1889) by *Shinseisha* (S. S. S.), a small literary group. One of the main contributors is Ōgai Mori. From *Manfred* (1817) by Byron (1788–1824), employing the German translation by Heinrich Heine (1797–1856) as a text, Ōgai translates the very opening monologue of the protagonist Manfred into Japanese, and also a voice heard in the incantation at the end of the first scene (Act 1, Scene 1) into classical Chinese. Another contributor Naobumi Ochiai (1861–1903), a poet and scholar, translates a famous farewell song 'Good Night' (Canto 1.13) from *Childe Harold's Pilgrimage* (1812) into Japanese entitled 'Ineyokashi.'

The style of this collection, enhanced the development of '*Shintaishi*' [new style verse] in modern Japanese poetry. *Shintaishi* started with a book *Shintaishi-shō* [*Collection of New Style Verses*] (1882) which has fourteen translated English poems and five Japanese poems, written in seven-five syllabled metre; a different style from the traditional Japanese *waka* or *haiku*. After *Shintaishi-shō,* it became a custom to translate an iambic pentametre in English into seven-five syllabled metre in Japanese. The first and most famous example in *Shintaishi-shō* is Thomas Gray's *Elegy Written in a Country Churchyard* (1751), translated by a botanist and poet Ryōkichi Yatabe (1851–99).

Ōgai tries more complicated metres in Japanese. His Japanese translation of *Manfred* is written in ten-six-four syllabled metre, instead of seven-five. Most of the *Shintaishi* poems at that time were written either in seven-five syllabled metre or in five-seven. He even tries end-rhyming in his Japanese translation of Ophelia's song.

Through *Omokage*, Byron and his works, translated into new styled Japanese verse, were enthusiastically received by the *Bungakukai* members. They were attracted to the biographical tragedy and the exotic atmosphere of the poet himself, and felt empathetic toward the Byronic hero for the spiritual distress and the lofty loneliness.

Tōkoku Kitamura, one of the founders of the *Bungakukai* circle, is the most ardent devotee of Byron. Inspired by his hero, Tōkoku writes two significant adaptations. One is an epic *Soshū-no-Shi* [*A Poem of the Prisoners*] (1889), an adaptation of 'The Prisoner of Chillon' (1816). It is known as the first long free verse in Japanese literature, consisting of 16 stanzas, of 342 lines in total. The speaker 'I,' a political prisoner, sings about his lofty thoughts, physical pains, and mental sufferings, while being in prison. The speaker's agony is generally regarded as a projection of Tōkoku's inner conflict after his frustration of *Jiyū-Minken-Undō* [The Freedom and People's Rights' Movement, 1874–1890].

Involved with the movement, Tōkoku was invited by a group to robbery for revolution, which is now known as 'Osaka Incident' (1885). He left the group and the movement, and later suffered from the frustration. In his poem, the speaker's lover and comrades are also imprisoned, but at last they are all released from the prison. In contrast to the eternal agony of Byron's prisoner, Tōkoku sets a happy ending in his epic, as a kind of compromise settlement for his own bitter experience.

The other significant adaptation is a dramatic poem *Hōrai-kyoku* [*A*

Song of Mt. Hōrai] (1891) from Byron's *Manfred.* In a fragmental essay '*Manfred* and *Faust'* (1890), Tōkoku confesses his strong inclination for the rebellious spirit of Byron through the two heroes, Manfred and Faust, who suffer from pessimistic thoughts and are abhorrent to compromise with a secular life. Motoo, the protagonist of *Hōrai-kyoku,* abandons the secular world and sets out on a journey with a *biwa* [lute], longing for his dead love Tsuyu-hime [Princess Dewdrop], to the top of Mount Hōrai. On the way, he meets Yama-hime [Princess Fairy Mountain], the very image of his dead love. She sings along with his *biwa*, and they sleep in her grot. Leaving Yama-hime sleeping in the grot, Motoo keeps climbing up to the top of the mountain, where he meets Daimaō [Great Satan] reigning over all the world. Daimaō demands Motoo's submission to the reign, but Motoo rejects the demand and dies. This dramatic poem has an appendix of the unfinished episode: Motoo sleeps on a boat while Tsuyu-hime performs his *biwa* for waking him up. They are heading for *Higan*, the other shore of the next world, together.

We must note that this fruit of direct inspiration from Byron is also the first literary interpretation of *Faust* or the Faustian hero in Japan, as Ōgai's translation of *Faust* was completed in 1912. In the genealogy of *Manfred* and *Faust*, or even back to Dante, *Hōrai-kyoku* is one of the major adaptations in the Meiji Romanticism. Also noteworthy is that the suicide of Tōkoku in 1894 has become a turning point of the Japanese appreciation of Byron. The empathy for Byron's spiritual sufferings, along with Tōkoku's inner conflicts, culminated in Tōkoku's death. Without the leadership of Tōkoku, the interest of the *Bungakukai* members moved from the Byronic romanticism to the fin-de-siècle aestheticism. After Tōkoku, there appeared more admirers of Byron, such as Takatarō Kimura (1870–1931), Kagai Kodama (1874–1943), Bansui Doi (1871–1952), and later Fusao Hayashi (1903–75). However, after the

peak of the popularity around the 1890s, more academic studies of Byron have been made than mere literary adaptations in Japanese. Yet his passionate popularity 'Byronmania' continued in various ways during the Taisho period (1912–26). All the details about other writers and works concerning the Japanese reception of Byron are left to Yuuka Kikuchi's *Kindainihon-niokeru-Byron'netsu* [*Byronmania in Modern Japan*] (2015). This exhaustive study in Japanese scholarship is greatly anticipated to be translated into English.

8 The Japanese Inclination for Shelley

With his tragic biography, Shelley (1792–1822) was as enthusiastically accepted as Byron by the *Bungakukai* writers. The academic approach to Shelley in Japan started with Yoshizumi Hamada's *Shelley* (1900), mainly based on *Shelley* (1878) by J. A. Symonds (1840–1893). The first collection of Shelley's translated poems is *Shelley-no-Shi* [*Shelley's Poems*] (1906), a bilingual version of the poems with a brief biography, by Mugen Ohara (1879–1953). Both of the books, by Hamada and by Ohara, conduced to the admiration and appreciation of Shelley in modern Japan. Since then, Shelley's poems on nature have been widely loved, quoted, and recited in the same way as Wordsworth's, corresponding to the Japanese cultural and poetic tradition. The most loved and frequently quoted one is 'To a Skylark' (1820). One of the earliest quotations of the poem is by Kyūkin Susukida. His poem 'Yamagara' ['A Titmouse'] has an epigraph from the original text in English:

"All that over was
Joyous, and clear, and fresh, thy music
doth Surpass."
—— Shelley.

The most famous quotation from 'To a Skylark' is in Sōseki Natsume's *Kusamakura* (1906) [*The Three-Cornered World,* trans. by Turney, 1965]. A young painter, absorbed in thought of life and the world, takes a walk up a mountain. He hears a skylark from the valleys, recalls a poem by Shelly, and recites one of the stanzas in English:

We look before and after
  And pine for what is not:
Our sincerest laughter
  With some pain is fraught;
Our sweetest songs are those that tell of saddest thought.

The painter recites a Japanese translation of the stanza, too, and continues to say that a poet, even in happiness, can not sing his joy as intently as the skylark, and that a poet, even in melancholy as usual, should forget a pain or worry, if he listens to the skylark attentively. In his *Bungakuron* [*Theory of Literature*] (1906) Sōseki mentions Shelley's *Prometheus Unbound* (1820), *Laon and Cynthea* (1817) [Later retitled as *The Revolt of Islam,* 1818], and so on. Shōyō Tsubouchi (1859–1935), a famous writer and the first Japanese translator of Shakespeare, translates a chapter from 'A Defence of Poetry' (1840) in his *Bungaku-Sono-Oriori* [*Literature Now and Then*] (1896).

Tōson Shimazaki writes 'Akikaze-no-Uta' ['To the Autumn Wind'] (1897) in seven-and-five syllabled metre, inspired by Shelley's 'Ode to the West Wind' (1820) in iambic pentametre. The Japanese translation of the last line 'Fuyu-kitarinaba Haru-tookaraji' ['If Winter comes, can Spring be far behind?'] is now well known and regarded as a kind of proverb in Japan. It is one of the reasons why this ode has been very popular among the Japanese. Yet it has not been clarified who did translate the line exactly as it is.

Some believe that Tōson or a famous translator Bin Ueda (1874–1916) translated the line, but in fact, neither did.

During the Taisho Democracy era, Shelley was often discussed together with Byron as being confidants. A poet Ōyō Masatomi (1881–1967) published his translation *Byron Shelley Nishijin-Shishū* [*Collected Poems of the Two Poets: Byron and Shelley*] (1921) and a book *Tensai-Shijin Byron* [*Byron the Poet Genius*] (1922). In addition, Shelley was more academically approached than adaptationally. Looking back at the history of the academic reception of Shelley in Japan, as Okada (2006) summarizes (43–44), the greatest number of critical studies on Shelley were published in 1922, at the centenary of his death. Besides the traditional image of a nature poet, the biographical study bestows a new image of a revolutionary poet on Shelly, discussing his religious and ideological aspects.

9 Keats and His Japanese Followers

With the other English Romantic poets, Keats (1795–1821) was introduced for the first time to Japan in *Saigoku-Risshihen* (1871), the Japanese translation of Samuel Smiles' *Self-Help*. Compared with Wordsworth, Byron, and Shelley, Keats was received less enthusiastically but more aesthetically by Japanese readers.

The first serious introduction of Keats appears in the *Bungakukai* magazine. Tokuboku Hirata (1873–1943), a writer and scholar, contributes an essay 'Hakumeiki' ['Stories of the Fair and Frail'] to *Bungakukai* vol.15 (1894), where Tokuboku translates three love letters from Keats to Fanny Brawne (1800–65) and emphasizes his unfortunate love and short life.

The most devoted follower of Keats in the Meiji era is Kyūkin Susukida. His friend Bin Ueda, a famous translator, regards Keats as the best among

the Romantic poets. With Bin's suggestion, Kyūkin became interested in Keats. Kyūkin studied English poems by himself, and composed '*zekku.*' Originally *zekku* means a Chinese quatrain with lines of either five or seven syllables. What Kyūkin tried to compose is a Japanese sonnet with fourteen lines of eight-and-six syllabled metre. His first collection *Boteki-shū* [*Poetry of Evening Flute*] (1899) includes nineteen pieces of '*zekku*' and some odes, inspired by English Romantic poets, especially by Keats. Some of his '*zekku*' poems have an epigraph from English Romantic poets, as seen in the case of Shelley.

Kyūkin's 'Haifu' ['Ode to a Goblet'], written in seven stanzas of eight lines in seven-and-five metre, has an epigraph from Keats' 'Ode on a Grecian Urn' (1819):

"Sylvan historian, who canst thus express
A flowery tale, more Sweetly than our
rhyme". —— Keats.

It is well known that Kyūkin loved the famous first line from *Endymion* (1818): 'A thing of beauty is a joy for ever.' Kyūkin quotes the line in his poem 'Kawasemi-no-Fu' ['Ode to a Kingfisher'] (1905), written in seven-five metre:

美しきものは常久に	Utsukushiki mono wa tokiwani
可惜身なりや、翡翠の	Atarami nariya kawasemi no
かいまみ許さぬ花のすがた。	Kaimami yurusanu hana no sugata.

A thing of beauty is a joy for ever
How fair and frail, a kingfisher never

Allows a glance of the glorious attire.

('Kawasemi-no-Fu,' 10–12, translation mine)

Thus a Japanese book of the detailed study on Keats and Kyūkin is titled as *Utsukushiki Mono ha Tokiwani* [*A Thing of Beauty is a Joy For Ever: A Comparison between Keats and Kyūkin*] (1960). Besides 'Haifu,' Kyūkin's 'Tsubame-no-Fu' ['Ode to a Swallow'] and other pieces of *fu* [ode] are strongly influenced by Keats. In his second collection *Yukuharu* [*The Spring is Passing*] (1901), Kyūkin tries more experimental verses inspired by Keats, in addition to *zekku* and *fu*.

Ariake Kambara translates 'Bright Star' in his second collection *Dokugen-Aika* [*Elegies of a Lone Lute*] (1903), written in a new experimental 'four-seven-six' metre, which he calls '*dokugen-chō*' ['the lone lute metre']. Ariake and Kyūkin explored a new poetic style, both in form and in vocabulary. Learning from Keats, they revitalized archaic or obsolete words in their classical styled Japanese poems, and developed *Shintaishi* poetry into an aesthetic completeness of musicality. Their achievement proceeded into the Symbolist movement in Japanese poetry, and shifted the trend of Japanese poetry from the *Rōman-Shugi* period to what is called 'Kyūkin-Ariake era.'

Tōson Shimazaki was also inspired by 'Bright Star' to write a poem 'Myōjō' ['The Morning Star'], in his first *Shintaishi* collection *Wakana-shū* (1897). Suimu Nishimura (1879–1943), a journalist and scholar, writes a book *Seishi-no-Kaori: Eishi-Hyōshaku* [*Redolence of Western Poetry: Commentaries on English Poetry*] (1906), and evaluates Keats with quoting 'On the Grasshopper and Cricket' (1816) and the beginning of 'The Eve of St. Agnes' (1819).

Katai Tayama (1872–1930), a naturalist writer, launched *Keats-no-Shi* [*Poems of Keats*] (1905). This is the first collection of translated poems of

Keats in Japan, and the last collection of Katai's poetical works. After being acquainted with Doppo Kunikida, Tōson Shimazaki, Koshoshi Miyazaki, and other poets, Katai got involved with a *Shintaishi* anthology *Jojō-shi* [*Lyric Poetry*] (1897) and contributed his collection of forty poems titled 'Wagakage' ['My Shadow'] to the book. Most of the contributors soon left *Shintaishi* poetry for Naturalist novels.

As for the academic reception of Keats in modern Japan, there are three important books by Japanese scholars. *Keats-no-Geijutsu* [*The Art of Keats*] (1924) by Kiyoshi Satō (1885–1960) is the first critical study on Keats in Japan. Satō discusses almost all the major works of Keats, translates all the quoted poems into Japanese, and concludes that Keats' tragedy of love and death results from his aesthetic attitude for seeking beauty. *Keats' View of Poetry* (1929) by Takeshi Saito [Saitō] (1887–1982) is the first English book on Keats by a Japanese scholar. Saito sheds a new light on the life and works of Keats from a humanistic point of view. The longest and most exhaustive Japanese book on Keats is *Bi-no-Shisai* [*The Priest of Beauty*] (1939) by a poet and scholar Kōnosuke Hinaz. Among the poems of Keats, Hinaz focuses especially on the odes, and thoroughly discusses them from various aspects in his massive volume (921 pages). Akiko Okada's informative study *Keats and English Romanticism in Japan* (2006)[3)] introduces in detail, the history of the Japanese reception of Keats. Her study shows that the academic reception of Keats in Japan has been surviving, even longer than that of Byron or Shelley, while the admiration of Keats by Japanese Romantic poets is as ephemeral as the poet himself.

10 Conclusion

Directly influenced by English Romantic poets, Japanese *Rōman-Shugi*

writers, especially the *Shintaishi* poets, tried the adaptations and created the inspired works in their own way. Among the English Romantic poems, the Japanese poets tended to select those which correspond to the Japanese poetic tradition and aestheticism.

However, the Japanese Romantic movement or Meiji *Rōman-Shugi* period is short-lived, because the introduction of French Naturalist novelists and their works, such as Zola (1804–1902) or Flaubert (1821–80), invited the Japanese Romantic writers to Naturalism in 1900s. The epoch-making novel in Japanese Naturalism is *Hakai* (1906) [*The Broken Commandment*, trans. by Strong, 1974] by Tōson Shimazaki, followed by Katai Tayama and his novels *Futon* (1907) [*The Quilt*, trans. by Henshall, 1981] and *Inaka-kyōshi* (1909) [*Country Teacher*, trans. by Henshall, 1984]. Katai's novella *Futon* is now considered as a precursor of 'Shi-shōsetsu' [I-Novel in Japan], a type of confessional literature. Doppo Kunikida, a great appreciator of Wordsworth, leaving Romanticism for Naturalism, published a collection of his novels *Unmei* [*Fate*] (1906), and was highly evaluated as a naturalist novelist just before his death.

Among the contributors to *Myōjō* or *Bungakukai* magazines, only Ariake Kambara and Kyūkin Susukida stayed with Japanese *Rōman-Shugi* and the *Shintaishi* poetry. With their new verse in the adapted metre from English Romantic poetry, Ariake and Kyūkin heightened the musicality and aesthetic quality of the *Shintaishi* poetry. It could be concluded that their achievements owe a great deal to English Romantic poetry and have the most considerable commitment to English Romanticism.

Notes

1) This paper was written at the British Institute in Florence, Italy, in the winter of 2017–18. This is a revised version of my article for *La Questione Romantica* and for

Eigo-Eibun-Gakuronshu 〔*Kansai University Studies in English Linguistics and Literature*〕 Vol. 8 (March 2019).

2) According to the Japanese custom of calling famous writers by their first name, most of the Japanese writers appear by their first name in this paper.

3) Written in English, easier for non-Japanese readers to access, the book could be the most helpful guide in the field, but unfortunately with quite a few mistakes seen in references such as writers' names or book titles.

Bibliography

Charpentier, J. (1929): *Coleridge: The Sublime Somnambulist*. Trans. Nugent M. V., London: Constable.

Doak, K. M. (1994): *Dreams of Difference: The Japan Romantic School and the Crisis of Modernity*. Berkeley: University of California Press.

Gillespie, G., Engel, M., and Dieterle, B., eds. (2008): *Romantic Prose Fiction*. Amsterdam: J. Benjamins.

Hamada, Y. (1900): *Shelley*. Tokyo: Min'yūsha.

Harata, H. (2007): 'Shelley and Tōkoku: the 'I', the World and the Poetic Imagination'. *Bulletin of the Faculty of Education & Human Sciences*, 9 March, 180–193.

Higuchi, I. (1956): 'Growing Up.' Trans. Seidensticker E., in Keene D. ed. *Modern Japanese Literature: An Anthology*, New York: Grove, 70–110.

Hinaz, K (1939), 'Ahoudori to Ōgarasu to Hato to' ['The Albatross, the Raven, and the Dove'], *Eigo-Kenkyū*, 22–4 April, 368–70, 379.

—— (1939): *Bi-no-Shisai: Jon Kiitsu ga Ōdo no Sousaku Shinri Katei no Kenkyū* [The Priest of Beauty: A Study of the Psychological Process of John Keats' Composition of Odes]. Tokyo: Sanseido.

—— (1940–41): *Igirisu Roman Shōchō Shifū* [The Poetical Style of English Romanticism and Symbolism]. 2 vols. Tokyo: Hakusuisha.

—— (1949): *Kindai Eibei Shishū* [Modern English and American Poems]. Tokyo: Koyama Shoten.

—— (1973–78): *Hinaz Kōnosuke Zenshū* [The Works of Hinaz Kōnosuke]. 8 vols. Tokyo: Kawade Shobō Shinsha.

Hirata, T. (1894): 'Hakumeiki' [Stories of the Fair and Frail] *Bungakukai*, 15 March, 1–6.

Izumi, K. (1990): *The Saint of Mt. Koya and The Song of the Troubadour.* Trans. Kohl, S. W., Kanazawa: Committee of the Translation of the Works of Izumi Kyoka.

Kambara, A. (1903): *Dokugen-Aika* [Elegies of a Lone Lute]. Tokyo: Sirabatosha.

—— (1908): *Ariakeshū* [Poetry of Ariake, or Poetry of Dawn]. Tokyo: Ifūsha.

Kawamura, M. (2014): 'Doppo and Wordswoth: an Analysis of "Koharu"', *Hikaku*

Bungaku: Journal of Comparative Literature, 56 March, 49–62.

Keene, D., ed. (1956): *Modern Japanese Literature: An Anthology.* New York: Grove.

Kikuchi, Y. (2015): *Kindainihon-niokeru-Byron'netsu* [Byronmania in Modern Japan]. Tokyo: Bensei.

Kitamura, T. (1950–1955): *Tōkoku Zenshū* [The Works of Tōkoku Kitamura]. 3 vols. Tokyo: Iwanami.

Kunikida, D. (1983): *River Mist and Other Stories*. Trans. Chibbett, D.G., Tenterden, Kent: Paul Norbury.

—— (1995): *Teihon Kunikida Doppo Zenshū* [The Complete Works of Doppo Kunikida (revised and enlarged)]. 12 vols. Tokyo: Gakushū Kenkyūsha.

Masatomi, Ō. (1921): *Byron Shelley Nishijin-Shishū* [Collected Poems of the Two Poets: Byron and Shelley]. Tokyo: Meguro Shoten.

—— (1922): *Tensai-Shijin Byron* [Byron the Poet Genius]. Tokyo: Shinkōsha.

Matsuura, T. (1960): *Utsukushikimono-ha-Tokiwani* [A Thing of Beauty is a Joy For Ever: A Comparison between Keats and Kyūkin]. Tokyo: Azuma Shobō.

Miyazaki, K. (1893): *Koshoshi Shishū* [Collection of Koshoshi's Poetry]. Tokyo: Yūbunsha.

—— (1893): *Woruzuworusu* [*Wordsworth*]. Tokyo: Min'yūsha.

—— ed. (1893): *Jojōshi* [Lyric Poetry]. Tokyo: Min'yūsha.

Mizuta Lipitt, N. (1980): *Reality and Fiction in Modern Japanese Literature.* London: Macmillan.

Mori, Ō. (1975): 'Maihime: The Dancing Girl.' Trans. Bowring, R., *Monumenta Nipponica*, 30–2 Summer, 151–176.

—— (1971–75): *Ōgai Zenshū* [The Complete Works of Ōgai Mori]. 39 vols. Tokyo: Iwanami.

Natsume, S. (1965): *The Three-Cornered World.* Trans. Turney, A. J. Tokyo: C.E. Tuttle.

—— (1993–2004): *Sōseki Zenshū* [The Complete Works of Sōseki Natsume]. 30 vols. Tokyo: Iwanami.

Nishimura, S. (1906): *Seishi-no-Kaori: Eishi-Hyōshaku* [Redolence of Western Poetry: Commentaries on English Poetry]. Tokyo: Sanbunsha; Osaka: Sekibunsha.

Ohara, M. (1906): *Shelley-no-Shi* [Shelley's Poems]. Tokyo: Hidakayūgendō.

Oishi, K. (2013): 'Oriental Aesthetes and Modernity: The Reception of Coleridge in Early Twentieth-Century Japan', in Vallins, D., Oishi, K., Perry, S., eds. *Coleridge, Romanticism and the Orient.* London: Bloomsbury, 85–99.

Okada, A. (2006): *Keats and English Romanticism in Japan.* Bern: Peter Lang.

Pater, W. (1889): *Appreciations, with an Essay on Style.* London: Macmillan.

Saito, T. (1929): *Keats' View of Poetry.* London: Cobden-Sanderson.

Satō, K. (1924): *Keats-no-Geijutsu* [The Art of Keats]. Tokyo: Kenkyūsha.

Shimazaki, T. (1897): *Wakana-shū* [The Poetry of New Herbs]. Tokyo: Shun'yōdō.

—— (1966–71): *Tōson Zenshū* [The Works of Tōson Shimazaki]. 18 vols. Tokyo: Chikuma.

—— (1974): *The Broken Commandment*. Trans. Strong, K., Tokyo: University of Tokyo Press.

S.S.S. [SHINSEISHA] (1889): 'Omokage' [Vestige]. *Kokumin-no-Tomo*, 58 Summer, Supplement, 45–60.

Smiles, S. (1859): *Self-Help; with Illustrations of Character and Conduct.* London: John Murray.

—— (1871): *Jijoron: Saigoku-Risshihen* [Self-Help (1867 edition): the Stories of Self-Made Men in the West]. 13 vols. Trans. Nakamura, K (M)., Tokyo: Kariganeya.

Susukida, K. (1899): *Botekishū* [Poetry of Evening Flute]. Osaka: Kanaobun'endō.

—— (1901): *Yukuharu* [The Spring is Passing]. Osaka: Kanaobun'endō.

Tanabe, J., ed. (1950): *Wordsworth Shishū* [Selected Poems of Wordsworth]. Tokyo: Iwanami.

Tayama, K. (1905): *Keats-no-Shi* [Poems of Keats]. Tokyo: Ryūbunkan.

—— (1981): *The Quilt and Other Stories.* Trans. Henshall, K.G., Tokyo: University of Tokyo Press.

—— (1984): *Country Teacher: a novel.* Trans. Henshall, K.G., Honolulu: University of Hawaii Press.

—— (1993–95): *Teihon Katai Zenshū* [The Complete Works of Katai Tayama]. 29 vols. Kyoto: Rinsen.

Tokutomi, R. (1905): *Nami-ko: a realistic novel.* Trans. Shioya, S., Edgett, E.F., Tokyo: Yūrakusha.

Toyama, M., Yatabe, R., and Inoue, T. (1882): *Shintaishi-shō* [Collection of New Style Verses]. Tokyo: Z.P. Maruya.

Urase, H. (1905): *Wordsworth-no-Shi* [Wordsworth's Poems]. Tokyo: Ryūbunkan.

Yamanouchi, H. (1978): *The search for authenticity in modern Japanese literature.* Cambridge: CUP.

Yosano, A. (1971): *Tangled Hair: Selected Tanka from Midaregami.* Trans. Goldstein, S., Shinoda S. Lafayette, Ind.: Purdue University Studies.

Zuccato, E. (2007): 'The Translation of Coleridge's Poetry and His Influence on Twentieth-Century Italian Poetry,' in Shaffer, E., Zuccato, E., eds. *The Reception of S. T. Coleridge in Europe.* London: Continuum, 197–212.

The Exhibition of Oceans

A History of the 'Immersive Exhibition' at Public Aquariums from the 19th to the 21st Century

MIZOI, Yuichi

Acknowledgement: The author would like to express greatest gratitude to Professor Garry Marvin of the University of Roehampton for assistance during the research and would like to thank Ms. Tomoko Wakasa for the English language review.

1 Introduction

This paper aims to trace the history of the 'immersive exhibition' at public aquariums from the 19th to the 21st century, with reference to technological developments as well as the social and cultural background of these exhibits. We also take a look at what these kinds of exhibitions might look like in the near future.

The immersive exhibition is a type of exhibition which creates a sense of immersion for viewers, making them feel as if they are standing within the aquatic world. Acrylic underwater tunnels are typical of these kinds of exhibitions: walking through the tunnel and watching sharks swimming overhead, visitors are fascinated by the simulated diving experience.

In contrast to a zoological garden, where visitors may be satisfied by just walking through the geographically distributed areas and watching the

animals, the aquarium displays animals living in an aquatic world beneath the surface of the water or inhabiting a world that is regarded as quite different from ours. Thus, visitors to an aquarium expect to experience a mysterious other world without getting soaking wet.

Designers of aquariums, or aquarists, have therefore attempted to display realistic ‘oceans’ on land by applying the latest materials and technology. However, these efforts comprise a combination of natural and cultural elements, and the latter have steadily undergone changes in each historical period. The popularity of the grotto motif, the panorama or the motion picture was reflected in the design of aquariums in the 19th and 20th centuries. Today, virtual reality (VR) technology seems to be opening up new horizons for aquarium exhibitions.

In this paper, we also consider the ‘reality’ presented by aquarium exhibitions. The simulated seascape cannot seem ‘realistic’ unless it meets visitors’ expectations. Therefore, aquarists have over time tried to reconstruct ‘oceans’ so that visitors would feel as if the exhibition were ‘real’.

The second section of this paper focuses on the features of early immersive exhibitions from the 19th to the beginning of the 20th century, comparing them with other visual cultural forms, such as the panorama. The third section treats aquariums from the 20th century to the beginning of the 21st century. We have selected here representative aquariums in Western and Eastern countries and analyse their exhibition styles. In the last section, which features the advent of new exhibitions that apply VR technology, we concisely discuss the exhibition that may appear in the near future.

2 Immersive Exhibitions at Early Aquariums

2-1 'The Light of Magic' at the Aquarium at the Bois de Boulogne

The history of public aquariums began with the opening of the 'Fish House' (1853), a greenhouse-like building at the London Zoo, Regent's Park. Its initiator was Philip Henry Gosse (1810–88), one of the contributors to the effort to keep saltwater fish alive and also the disseminator of the term 'aquarium' to mean fish tanks.[1)]

The exhibition style of the Fish House was simple: rows of tanks were installed along walls and on desks, and each one contained an underwater scene. Other English aquariums, such as the Crystal Palace Aquarium (1871), the Brighton Aquarium (1872) and the Royal Aquarium Westminster (1876), later made use of this 'constructive simplicity'.[2)] While British aquarists persisted with the functional display of tanks, new styles of exhibitions were proposed mainly in France and Germany.[3)]

An early representative of the 'Continental exhibitions' was the aquarium at the Jardin zoologique d'Acclimatation (1860, Fig. 1) at the Bois de Boulogne, Paris. Although it may seem to be another example of a simple exhibition with rows of tanks, lighting and the 'gurgling' of water, it 'contribute[d] to heightening the illusion and transporting us to another world'.[4)] According to a reporter for the *Revue Britannique*, the exhibition at

---

1) Harter, Ursula. *Aquaria in Kunst, Literatur und Wissenschaft.* Heidelberg: Kehrer, 2014, pp. 18–23.

2) Harter 2014, p. 23.

3) Harter 2014, pp. 23–25.

4) 'Das Aquarium im Bouloguer Walde bei Paris.' *Das Ausland: Eine Wochenschrift für Kunde des geistigen und sittlichen Lebens der Völker mit besonderer Rücksicht auf verwandte Erscheinungen in Deutschland.* Vol. 35. Augsburg: Verlag der J.E. Gotta'schen

the Fish House was 'defective' because light streamed from all directions into the tank and made it difficult to watch the animals among countless shadows. But, the reporter said, '[i]f you enter this long gallery [at the Jardin zoologique d'Acclimatation] for the first time, it will make a great impression on your imagination through the fantastic mystery of the green twilight, which should be like that of the ocean'.[5] In this aquarium, the light streamed into the tanks from above, through the tanks and into the dark hall. This was, we might say, the beginning of the immersive exhibition at the aquarium.

Fig. 1 The aquarium at the Jardin zoologique d'Acclimatation (Harter, Ursula. *Aquaria in Kunst, Literatur und Wissenschaft.* Heidelberg: Kehrer, 2014, p. 58)

As the reporter wrote, the aquarium at the Jardin zoologique d'Acclimatation was similar to a gallery, and scenes behind rectangular glass panels seemed like 'living pictures'.[6]

These glass panels may also be described as 'windows' that show seascapes. In her study on the home aquarium, Judith Hamera considers the familiar aspects of the aquarium, that is, the picture and the window:

Buchhandlung, 1862, p. 64.

5) 'Das Aquarium im Bouloguer Walde bei Paris.' 1862, p. 64.

6) 'Das Aquarium im Bouloguer Walde bei Paris.' 1862, p. 64.

Anne Friedberg argues that windows served as metaphors for the rectangular frame of the picture plane; 'the modern function of the window is to frame a view'. The aquariums engaged its viewers through their familiarity with both the window and the picture. Like the window, the clear tank front functioned as a 'membrane between inside and outside.' Isobel Armstrong observes that 'glass is an antithetical medium. It holds contrary states within itself as barrier and medium'.[7]

The comparison made here of the glass panels of tanks with pictures and windows further makes it possible to consider the scenes provided by the aquarium as simultaneously two- and three-dimensional. The inhabitants in the tanks are three-dimensional, but they can be interpreted as two-dimensional images on a glass screen. Therefore, since the 19th century, aquarium designers have sought to reduce the two-dimensionality of their exhibitions to create a sense of immersion for the viewer. Frames and walls around glass panels came to be obscured as much as possible, too, because these features detracted from the natural aspects of the aquariums, emphasizing their picture-like character and making visitors feel as if they were watching a piece of scenery rather than standing in the ocean.

Furthermore, the aquarium may be compared with the theatre, as Hamera suggests. A person attending the theatre does not act on the stage, but he or she is a viewer as well as a part of the scene. Quoting Ann Blair's words from *The Theater of Nature* ('the spectator is [...] ambiguously both [the] observer and participant in nature'), she writes: 'The word *ambiguously* is the key to this description, for this spectatorial liminality [...] [italics in

7) Hamera, Judith. *Parlor Ponds: The Cultural Work of the American Home Aquarium, 1850–1970*. Ann Arbor: University of Michigan Press, 2012, p.25.

original].'[8] Like the viewer of a dramatic work, the viewer of an aquarium or panorama, as described below, becomes part of the scene on display and experiences a sense of traveling through foreign areas.[9] However, the theatre is not only comparable to a home or a public aquarium but also to the animal performance venue in the 20th century, as we argue in the third section.

2-2 The Cavern and the Panoramic Exhibition at French and German Aquariums

Although the gallery style of the aquarium at the Jardin zoologique d'Acclimatation was adopted by the Crystal Palace Aquarium, the grotto decoration introduced by other French and German aquariums was despised by the English.[10] As a writer for the *Deutsche Bauzeitung* observed, the artificial grotto itself was not new. It had been built from the ancient to the Renaissance periods and was also a favourite motif of the English garden in the 18th century.[11] At the end of that century, as Ursula Harter notes, the natural cave was compared with a palace, temple or church and regarded as a kind of hermaphrodite of natural and artificial work. In particular, a cave which reached down into the depths of water seemed 'the appropriate stage for the spectacle of underwater fauna and flora'.[12] Fingal's Cave on the island Staffa, Scotland, is representative of this kind (Fig. 2). After the botanist Joseph Banks visited it in 1772, its wildness came to be appreciated in the Romantic period and attracted people like William Wordsworth, Felix

8) Hamera 2012, p.28.
9) Hamera 2012, pp.28–38.
10) Harter 2014, p.25.
11) Fritsch, K.E.O. 'Das Aquarium zu Berlin.' Architekten-Verein zu Berlin, ed. *Deutsche Bauzeitung*. Vol.3. Berlin: Kommissions Verlag, 1869, p.246.
12) Harter 2014, p.51.

Fig. 2 Fingal's Cave (Photographed by the author. July 2016)

Mendelssohn and Jules Verne.[13)]

The idea of decorating an aquarium with a grotto motif was substantialised by architect Wilhelm Lüer (1834–70), who constructed the aquarium in Hannover (das Egestorff'sche Aquarium, 1865). The grotto-style exhibition had the advantage of providing a natural appearance to the frames and walls. It was also adopted by two aquariums (a freshwater aquarium and a seawater aquarium) for the International Exposition in Paris (1867).[14)] At the freshwater aquarium, visitors walked through the cavernous hall and watched fish swimming in tanks installed among rocks (Fig. 3). The saltwater aquarium included, however, something more special. After walking through a passage decorated with stalactites and stalagmites, visitors entered a huge tank on the first floor (Fig. 4).[15)] Here, they could see animals swimming not only on each side of them but also overhead. It is clear what the planner, named Guérand, had intended: he was attempting to increase the feeling of immer-

13) Clare, John. *A Guide to Staffa and Fingals Cave*. Kilpatrick: John Clare, 2011, pp. 7–10.

14) Fritsch 1869, p. 229, Harter 2014, p. 62.

15) Harter 2014, pp. 64–65.

Fig. 3 The freshwater aquarium at the International Exposition in Paris, 1867 (Harter 2014, p. 66)

Fig. 4 The seawater aquarium at the International Exposition in Paris, 1867 (*Harper's Weekly.* 21 September 1867, p. 604)

sion, just like the panorama in the 18th and 19th centuries had done.

The panorama, devised by Robert Barker, provided a 360-degree view thanks to a large painting which was attached to the inside wall(s) of a cylindrical building. Following his programme, visitors came through the entrance, climbed stairs to a platform, saw a panoramic landscape lit by the sunlight streaming into the building from above and felt as if they were in another realm (Fig. 5). All elements that might distract from the illusion were care-

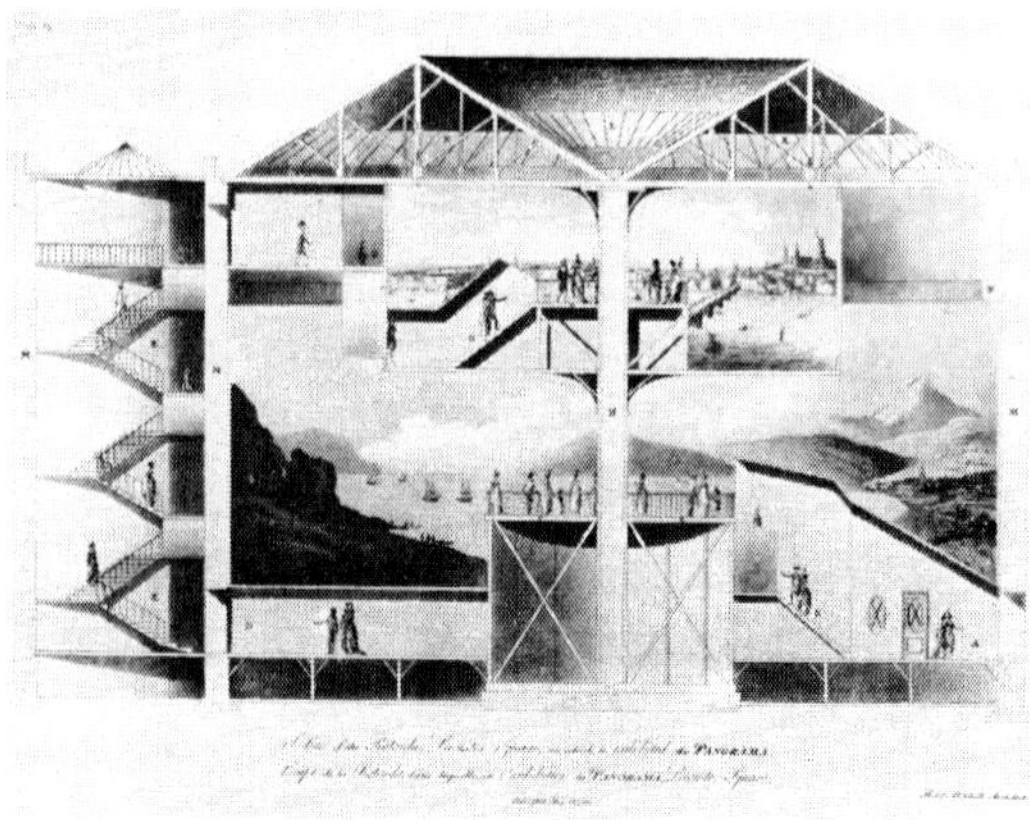

Fig. 5 The panorama designed by Robert Barker
(Zonca, Serena. 'Virtual Storytelling.' *Autopubblicarsi*. 2014. 19 July 2016 <http://www.autopubblicarsi.it/nuova_edtoria/virtual-storytelling/>)

fully concealed or removed. For instance, the building's skylight was hidden by a canopy hanging above the platform.[16] In Barker's building, the aim was for the 360-degree view not to contain any sort of 'frames'.[17]

The saltwater aquarium at the International Exposition was an underwater version of the panorama. The glass panels functioned like the curved painting, and if they performed as (the planner) intended, visitors could feel as if they were standing in the ocean. Furthermore, the images (fish and plants) were moving!

Unfortunately, technology was not developed enough to enable this ambitious plan to be carried out. Ernst Friedel wrote about several failures. For instance, it was very difficult to ventilate the auditorium, and not enough saltwater was supplied at the beginning, so therefore it was mixed with fresh-

---

16) Altick, Richard D. *London no misemono* ロンドンの見世物 (*The Shows of London*). Vol. 1. Trans. Shigeru Koike 小池滋 et al. Tokyo: Kokushokankokai 国書刊行会, 1999, p. 344.

17) Altick Vol. 2. 1990, p. 71.

water and this was also not filtered enough. As a result, the mortality of the animals was high. Fish on the ceiling also seemed to be uncomfortable because they could not lie on the sand, and the water was not clear.[18)]

Let us go back to the cavern decoration. The designer of the aquarium at the Havre International Maritime Exhibition (1868) adopted it again, and its exterior was also shaped just like Fingal's Cave (Fig. 6). A reporter for the *Illustrated London News* commented, '[t]his is the aquarium, where, in a series of tanks or cisterns, set amidst artificial rocks, is an extensive and various collection of all species of fish, marine reptiles and insects, and sea plants of every kind'.[19)]

Fig. 6 The aquarium at the Havre International Maritime Exhibition (Harter 2014, p. 70)

The Berliner Aquarium (1869, Fig. 7, 8) was pre-eminent in putting on

18) Friedel, Ernst. 'Ueber das Aquarium der Pariser Weltausstellung von 1867.' Noll, F.C. *Der Zoologische Garten: Zeitschrift für Beobachtung, Pflege und Zucht der Tiere*. Vol. 9. Frankfurt a. M.: Verlag der Zoologischen Gesellschaft, 1868, pp. 188–89.

19) 'The Havre International Maritime Exhibition.' *Illustrated London News*. 13 July 1868, p. 590.

an immersive exhibition with a grotto motif in the 19th century. It was initiated by Alfred Brehm (1829–84) and his associates, designed by the above-mentioned Lüer and built at the corner of Unter den Linden and Schadowstraße. Lüer insisted on using natural materials for the grotto (granite from Oker- und Radau-Tal, basalt from Siebengebirge, stalactites from Thüringen and so on)[20] and tried to harmonize them with artificial materials.

The two-storey aquarium was inhabited by reptiles, birds, mammals and fish, and afforded visitors an opportunity to 'travel' through the terrestrial as well as the underwater world. Visitors climbed stairs at first and entered the upper floor of the aquarium, then walked along a one-way path to watch desert reptiles. After leaving this area, they came to the first grotto, which extended to the lower floor, and to the octagonal aviary. Here visitors could look at Asian, African, Australian, American and European birds that represented each of these respective areas of the world. The other two grottoes, with reptiles and a cage for monkeys, surrounded the aviary. Upon leaving the terrestrial exhibition, visitors came to the freshwater tank, installed along the grotto-like path, which represented the Northern climate with less plants, and they were then led to saltwater tanks downstairs. The 'underwater' path began with the exhibit of 'Northern' fauna/flora and ended with that of 'Southern' fauna/flora. Namely, visitors walked alongside tanks filled with lives from the North Sea, the Baltic, the Atlantic and the Mediterranean. A basalt grotto was also present. Finally, visitors were fascinated by the reconstructed 'Blue Grotto' of Capri near the exit.[21]

Several techniques were employed to create the illusion. First, thanks to the vertical movement from the upper to the lower floor, visitors experienced the feeling of having left land and of entering a water world. Second, the

20) Fritsch 1869, p. 248.
21) Fritsch 1869, pp. 230–32.

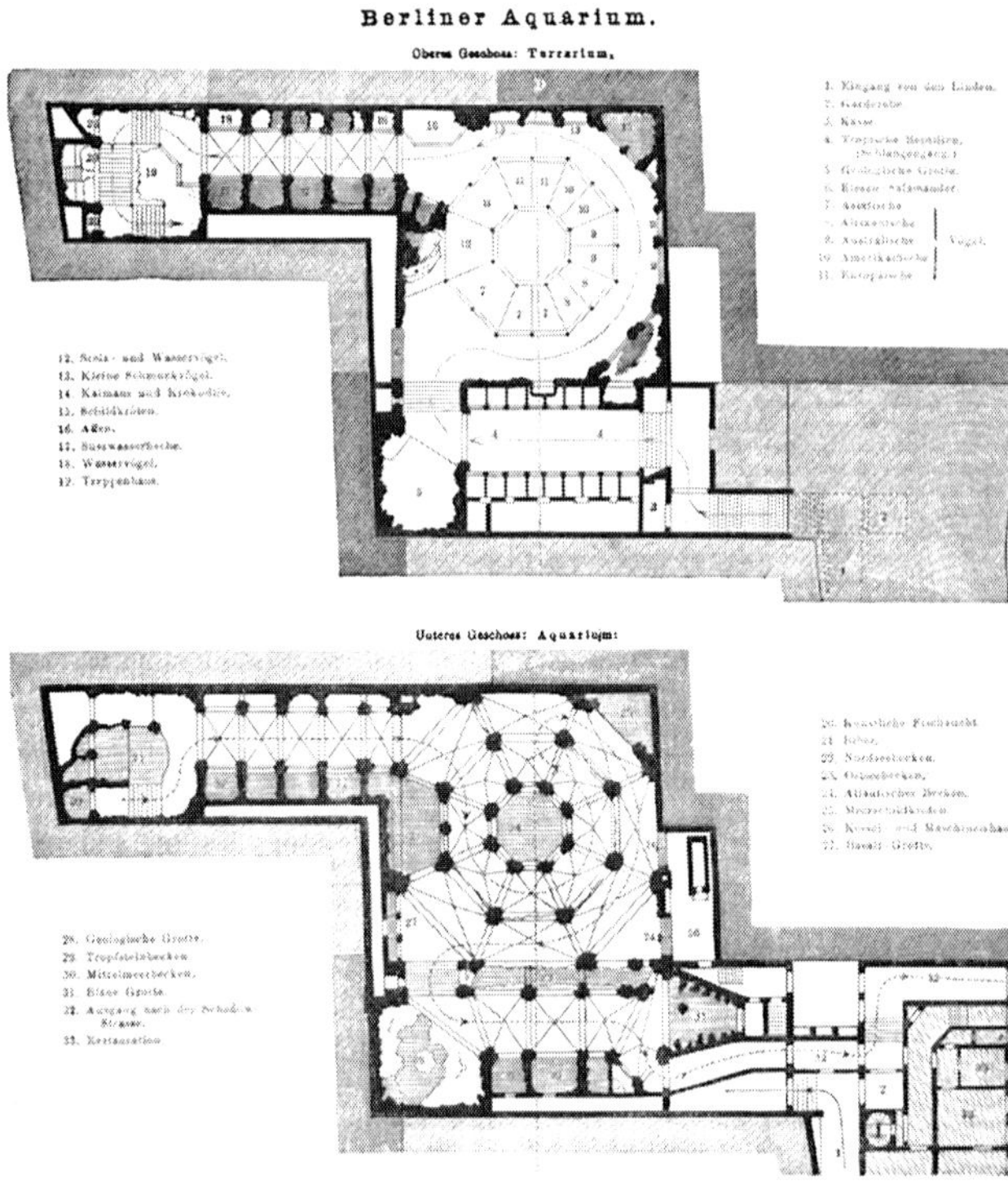

Fig. 7 The Berliner Aquarium
(Fritsch, K.E.O. 'Das Aquarium zu Berlin.' Architekten-Verein zu Berlin, ed. *Deutsche Bauzeitung*. Vol. 3. Berlin: Kommissions Verlag, 1869, p. 232)

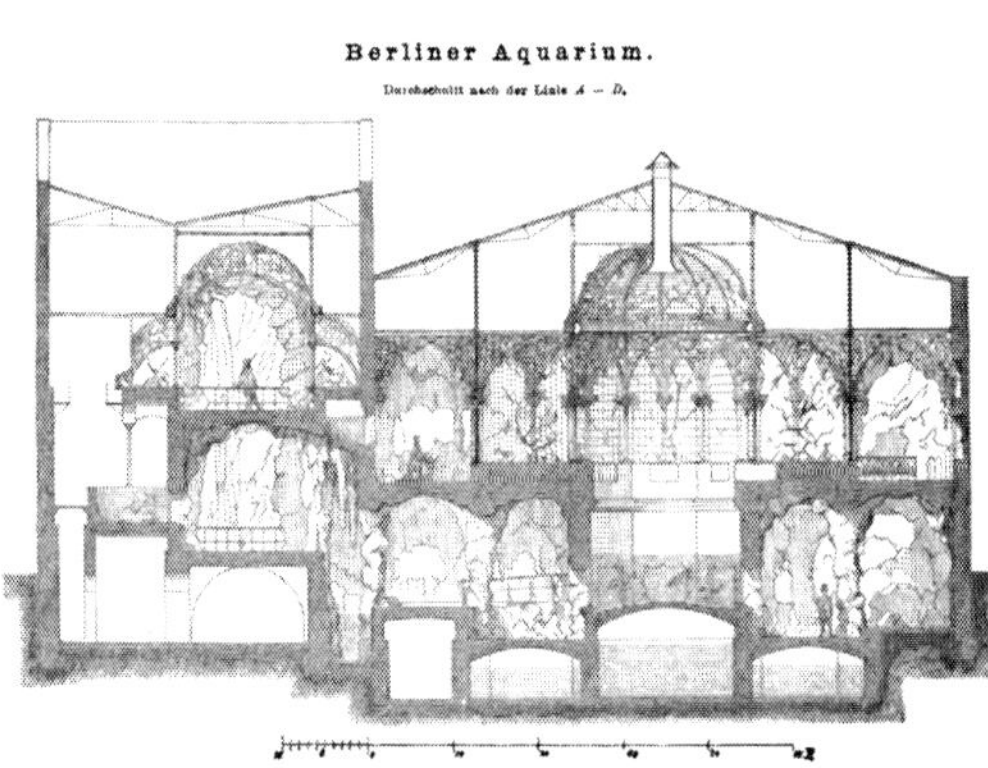

Fig. 8 The Berliner Aquarium (Fritsch 1869, p. 233)

aviary was enclosed with piano wire, thus allowing an unimpeded view of naturalistic birds' habitats.[22] Third, the sunlight streaming in from above was controlled so that it illuminated only the exhibition, as with the panorama. Gas lighting was also used, but its light source was carefully concealed.[23]

The structure of the Berliner Aquarium was also reminiscent of a 'moving panorama', which showed the seamless landscape unfurling a miles-long wound painting. Viewing it, '[a]udiences could be simultaneously subsumed in and masters of the scene'.[24] Thanks to this new type of panorama which depicted foreign landscapes, people could satisfy their desire to travel all over the world.[25] Although the landscape or the seascape of the Berliner Aquarium did not move, visitors walked along terrestrial exhibits that show every global area and then along the tanks filled with fish from several sea areas, feeling as if they were literally traveling around the world.

2-3 *Twenty Thousand Leagues under the Sea* and the Aquarium at the Exposition Universelle (1900)

In his monumental novel *Vingt mille lieues sous les mers* (*Twenty Thousand Leagues under the Sea(s)*, 1869–70), Jules Verne (1828–1905) reflected his experiences at the above-mentioned aquariums at the International Expo-

---

22) Klös, Heinz-Georg, and Jürgen Lange. *Vom Seepferdchen bis zum Krokodil: Vergangenheit und Gegenwart des Berliner Zoo-Aquariums*. Berlin: Presse- und Informationsamt des Landes Berlin, 1985, p.9.

23) Fritsch 1869, pp.248–49; The Berliner Aquarium also impressed Japanese who visited Europe to learn Western politics, economics, industries, education, technologies and institutions. Kunitake Kume (1839–1931), for Instance, notes that they felt as if they were walking through an undersea cave filled with the glow of a sunset. Kume, Kunitake 久米邦武, ed. Beiou-kairan-jikki 米欧回覧実記, Vol.3, translated into modern Japanese and annotated by Shu Mizusawa 水澤周. Tokyo: Keio University Press 慶應義塾大学出版会, 2008, p.350–351.

24) Hamera 2012, p.35.

25) Altick Vol.2. 1990, pp.112–18.

sition (1867) and the aquarium at the Havre International Maritime Exhibition (1868).[26]

The submarine *Nautilus* in the novel is a solid and comfortable place with air conditioning, and the characters can safely watch beautiful but sometimes dangerous fish through the vessel's windows to their satisfaction, just as if they were in an aquarium. Furthermore, the submarine sails rapidly through the Pacific Ocean, the Indian Ocean, the Mediterranean and so on, the way aquarium visitors wander along tanks containing fish from various regions.[27] And, like visitors to the Berliner Aquarium, the characters explore terrestrial as well as underwater regions.

But the importance of *Twenty Thousand Leagues under the Sea* also lies in the influence it had on the style of aquarium exhibitions that came after the novel appeared. Aquarium designers up through today have borrowed from the novel the motifs of the 'submarine', the 'shipwreck' or the 'sunken ruin' on the seabed. Furthermore, Verne recognised the significance of 'interaction' with animals for the underwater experience. His characters are not only attacked by such animals but they also occasionally collect living specimens and touch them. In one scene, the character Conseil grabs a torpedo (an electric ray) and gets a shock (Fig. 9).[28] Post-war aquatic exhibitions, especially those at Sea World, similarly adopted such 'diving' and 'touching' experiences.

Before moving to the next section, we take a look here at the immersive

26) Harter 2014, p.65, 79.

27) Harter 2014, p.79. Mizoi, Yuichi. '"Sakana wo yokokara, shitakara mirukoto" no bunkashi: Roma shiki yogyoike kara hakubutsushi, Wunderkammer, kingyobachi, suizokukan made「魚を横から，下から見ること」の文化史―ローマ式養魚池から博物誌，ヴンダーカンマー，金魚鉢，水族館まで.' *Kansai University Studies in Literature* 文学論集. 65.3/4 (2016) pp.103-04.

28) Verne, Jules. *Twenty Thousand Leagues under the Seas.* Trans. William Butcher. Oxford: Oxford University Press, 1998, pp.335-36.

Fig. 9 Verne, Jules. *Kaitei niman kairi* 海底二万海里 (*Vingt mille lieues sous les mers*). Trans. Masakazu Shimizu 清水正和. Tokyo: Fukuinkan shoten 福音館書店, 2000, p. 641.

exhibition presented by the aquarium at the Exposition Universelle (1900), designed by the brothers Albert (1873–1942) and Henri Guillaumet (1868–1929). In a 25-metre-long and 12-metre-wide elliptical aquarium hall, a realistic 'ocean' was represented using 'panorama-like spatial installations, faux terrains, different electric lighting- and projection- technologies'.[29] Harter describes this exhibition as follows:

> Light-projections 'which change colours and move permanently' evoked an [image of] underwater world flooded with the variable light. Their effects were strengthened by the mirror projection of the images moving

29) Harter 2014, p. 70.

> over the aquarium tanks on the huge canvas pulled taut under the ceiling. The visitor saw overhead moving shadows of sea tangles and all sorts of fish. He felt that he is surrounded by the sea [water], especially [thanks to] the almost four metres high aquarium tanks installed on the floor so that no optical boundary could be noticed.[30]

Visitors could enjoy a fascinating 'diving experience' thanks to the application of modest technology (Fig. 10). Of course, such an immersive exhibition had not always been predominant in Europe. For example, the room for the freshwater tanks of the new aquarium at the Berlin Zoo (1913), built as a substitute for the closed Berliner Aquarium, was merely simple and

Fig. 10 A postcard of the aquarium at the Exposition Universelle, 1900 (Collection of the author)

30) Harter 2014, p.70.

functional, with few decorations.[31] The limits of technology at the time, especially the difficulty of producing large and strong glass panels, also restricted the further development of the immersive exhibition. But some methods – the concealment of the frame, reinforcements and walls which blocked the view of the seascape; the application of lighting or projection techniques; the construction of multistorey buildings which allowed the vertical movement of visitors – would be revived again after World War II.

3 Efforts by Aquarium Producers to Increase a Sense of Immersion from the 20th Century to the Beginning of the 21st Century

3-1 From the Documentary Film to Marine Studios

As mentioned above, the glass panel of aquariums can be compared to a window. Like a window, it functions as a barrier separating the aquatic world from the human one, and simultaneously as the medium which shows us the former. The aquatic scenery which the glass panel enables us to see is not only three-dimensional but also two-dimensional, even if the panel is formed like a tunnel or protrudes from the wall. It is a screen which shows 'moving pictures'.

This characteristic feature of the glass panel links the application of motion picture technology with the oceanarium (the term for the enormous tank) of Marine Studios (Florida, 1938).

The key figure in this experiment was William Douglas Burden (1898–1978), the producer of a documentary film on the Komodo dragon. Supported by the American Museum of Natural History, he once organised an expedi-

31) Klös 1985, p.25.

tion to capture some dragons in the Dutch East Indies and brought back film of this undertaking as well as live and dead specimens to New York. He then donated the live dragons to the Bronx Zoo. But he immediately noticed that the dragons, which became inactive in captivity, could not convey their intrinsically dangerous character, and therefore the exhibition was not 'realistic'. He also realised that his diary and motion picture might be boring for readers or audiences if he produced them without adding some suspense and a climax to the story he was telling. The documentary film edited by Burden therefore contains dramatic sequences focusing on the tyrannosaur-like Komodo dragon raising its head or devouring a boar. Burden also appears in the film as a hunter watching dragons from his hiding place.[32] Gregg Mitman describes Burden's attitude as follows:

> Burden sought to present an emotional reality, an expressive element that is quickly cast aside in the presentation of scientific data but is essential for capturing the interest of and motivating the lay public. [...] Burden's objective was to take the raw footage of nature – thousands of feet of film shot on the expedition – and create such an illusion of reality that the spectators experienced the event more vividly than if they had been in Java with the Komodo dragons themselves. [...] Rather, Burden, like all documentary filmmakers, had to discover what the film theorist William Guynn calls 'the elements of a story in latent form within the real'.[33]

In producing his film, Burden, then, had to cut tedious scenes and splice

32) Mitman, Gregg: 'Cinematic Nature: Hollywood Technology, Popular Culture, and the American Museum of Natural History.' *Isis*. 84.4 (1993): pp. 643–46.
33) Mitman 1993, pp. 644–45.

together scenes that originally were not sequential but that were dramatic through a process of filtering, upgrading and defining. 'Dramatic sequence in fact becomes an essential narrative structure in documentary behavior films, corresponding to the dramatic scenes that movie audiences had come to expect in fiction films.'[34)]

Meanwhile, Merian Cooper, a famous adventurer, succeeded in filming the vivid behaviours of seemingly free terrestrial animals in a large enclosure. Burden was stimulated by him and attempted to build an unprecedented facility called Marine 'Studios'.[35)] With Ilya Tolstoy, a grandson of Leo Tolstoy, who had the skills to make documentary films, he conceived a huge steel tank. Its '[g]lass windows placed at strategic intervals would afford the motion picture studios their first ideal opportunity for documentary photographing of sharks, porpoises, manta rays, sea turtles and many smaller animals of the sea'.[36)]

Marine Studios consisted of two tanks. One was circular, 75 feet in diameter and 11 feet deep, and the other was rectangular, 100 feet long, 40 feet wide and 18 feet deep, and both were connected by a flume. Glass panels for battleships and submarines were installed to withstand the enormous water pressure.[37)] The tanks, filled with a large number of sharks, rays, porpoises and other fish, as well as real rocks and coral, could display 'realistic' underwater scenes.

This facility was also open to the public, and visitors could look through their own porthole while sitting in a comfortable dark place thanks to a

---

34) Mitman 1993, p.645.

35) Hill, Ralph Nading. *Window in the Sea*. New York: Rinehart & Company, 1956, pp.17-18.

36) Hill 1956, p.14.

37) Hill 1956, p.42.

curtain which separated the spectator from other portholes and visitors.[38) Mitman notes the following about this structure:

> Like the natural history film produced for public consumption, Marine Studios looked to reconstruct nature through science and entertainment. Indeed, Marine Studios is best read as a movie. [...] If we stand back from the tank wall, each porthole represents a frame in the filmstrip, freezing the animal at a point in time. But as we put our faces to the glass, we become part of the undersea world. The task of Marine Studios, as of the natural history film, is to create the illusion of reality. [...] His [Burden's] goal in the construction of Marine Studios was to make the observer feel as though he or she was a witness to the activity of life off the coast of Florida, 75 feet below the surface.[39)]

But like documentary films, the scenes presented here were also 'edited'. 'At Marine Studios, the visitor is unaware of all the activities taking place in the research lab and the search for and effort to display organisms with exotic behaviors. A visitor in 1938 certainly had no knowledge of the larger number of fish removed by divers each day after the tourists had gone – fish infested with the parasite *Epibdella* [...].'[40)] Like the film left in the production room, scenes of dying fish are cautiously 'cut', even today, because they interrupt the 'story' of free animals in a peaceful water world.

3-2 Introduction of New Technology to the Aquarium

While visitors to Marine Studios looked at underwater scenes through

38) Mitman 1993, p.657.
39) Mitman 1993, p.657.
40) Mitman 1993, pp.657-58.

rectangular 'windows', the designers of aquariums after World War II tried to enlarge, bend or join together glass panels to make aquatic scenes appear 'more' three-dimensional.

New trends in the development of the aquarium would not be significant without the intercultural exchange of ideas. For instance, some Japanese aquariums such as the Misaki Koen Shizen Zoo Aquarium (Osaka, 1957), Suma Aquarium (Kobe, 1957) and Enoshima Marine Land (Kanagawa, 1957) adopted the idea of the oceanarium of Marine Studios.[41)] At the same time, Japanese aquarists also conceived unique ways of presenting exhibitions like the 'roundabout', which is a toroidal tank with an artificial current: visitors can watch fish swimming endlessly from the outside or the inside of the doughnut-shaped tank.

After building some prototypes at several aquariums, the first full-fledged roundabout was displayed at the Oita Seitai Aquarium (1964), under the direction of Tamotsu Ueda 上田保 (1894–1980), the enthusiastic ex-mayor of Oita city and the initiator of the aquarium. It was an impressive moment for viewers, who could watch through strengthened Pilkington glass 2,000 fish swimming against the current in a 3-metre-deep, 61-metre-circumference tank holding 282 tons of water.[42)]

While the roundabout at the Oita Seitai Aquarium could be viewed only from the outside, other aquariums like the Amakusa Kaitei Shizen Aquarium (Kumamoto, 1966), Keikyu Aburatsuno Marine Park (Kanagawa, 1968) and Shima Marine Land (Mie, 1970) introduced a tank which enabled visitors to

41) Suzuki, Katsumi 鈴木克美. *Suizokukan* 水族館. Tokyo: Hosei University Press 法政大学出版局, 2003, pp. 222–34.

42) Yamamoto, Kazuo 山本和夫. 'Suizokukan ni okeru daisuiso to kaiyusuiso 水族館における大水槽と回遊水槽.' *Kenchiku kai* 建築界. 21.9 (1972): pp. 30–31, 'Kaiyusuiso ni tsuite 回遊水槽について.' *Kenchiku kai*. 29.9 (1980): p. 29, Suzuki 2003, p. 237.

watch fish from the inside,[43] and this type could provide a more realistic 'diving experience' by surrounding visitors with water and 'mak[ing] one feel less a viewer than a vieweé'.[44] In 1977, stimulated by the Japanese exhibitions, the Steinhart Aquarium installed a roundabout, and it was also adopted by the National Aquarium in Baltimore (1981).[45]

The glass panel itself began to be enlarged as well. A 6-metre-deep tank with large 'windows' that reach from floor to ceiling was built at the Marine Science Museum in Shizuoka (1970). 'I cannot dispel the impression as I felt the "ocean" staying in an aquarium for the first time'[46] commented Katsumi Suzuki, who witnessed the opening ceremony.[47]

Technologically speaking, the enlargement of tanks became possible thanks to the development of acrylic plastic, or Plexiglas(s). Invented by the chemist Otto Röhm in 1932, this new material was applied to the windshields of warplanes.[48] But after the war, in the 1960s, the designers of aquariums attempted to use it for large tanks. The newly opened Aqua-Terrarium (1964) at the Ueno Zoo possessed the first tank made of acrylic panes in Japan.[49] The glass of the tank at the Marine Science Museum mentioned above is also made of acrylic.

Acrylic can resist high water pressure and helps minimize the size of walls and the number of places that require reinforcement. It is also easy to

---

43) Yamamoto 1980, p. 24.

44) McCosker, John E. *The History of Steinhart Aquarium: A Very Fish Tale.* Virginia Beach: The Donning Company / Publishers, 1999, p. 93.

45) McCosker 1999, pp. 93–95.

46) Suzuki 2003, p. 244.

47) This aquarium has also been preeminent for its new challenges like the invention of the cylindrical tank or the rearing of sardines and tunas. Suzuki 2003, p. 244.

48) Taylor, Leighton. *Aquariums: Windows to Nature.* New York: Prentice Hall General Reference, 1993, pp. 29–30.

49) Suzuki 2003, pp. 187–88.

bend and has aided in the production of new types of tanks such as the tunnel tank. The Uozu Aquarium (established in 1913, and reopened after the war, in 1954) is regarded as the first Japanese aquarium that displayed a tunnel tank made of bent acrylic panels (1981).[50] Kelly Tarlton (1937–85) also built tunnels at his Underwater World (1983) in Auckland, New Zealand, presumably based on his experiences as a diver. His tunnels are unique in their curves, and each corner provides a new underwater scene.[51]

3-3 Immersive and Interactive Exhibitions at Sea World

The evolution of aquariums reflected new demands on the part of the public. Hiromasa Yoshida, an ex-curator of the Kagoshima Aquarium, writes, 'Since the 1960s, the period in which television became popular, we have lived in an information-oriented society. Strange and mysterious things have been unveiled one after another. People with abundant knowledge which they have absorbed from films that broadcast the interesting ecology of aquatic lives, have begun to visit aquariums. Aquariums would not be attractive any more if they just exhibited several species of animals.'[52] Furthermore, it can be said that the public would not be satisfied with just looking at the rectangular windows of tanks, which are reminiscent of a television screen.

In addition, the development of exhibition techniques has allowed aquariums to be transformed from museum-like educational institutes to *asylums* or *cathedrals of nature*, which afford people an opportunity to get away from a fast-paced and trouble-filled way of life in a period of high economic growth

50) Suzuki, Katsumi, and Genjiro Nishi 西源二郎. *Shinpan Suizokukan gaku* 新版 水族館学. Tokyo: University of Tokyo Press 東京大学出版会, 2010, p. 106.

51) Locker-Lampson, Steve. *Throw Me the Wreck, Johnny.* Wellington: Halcyon Press, 1996, pp. 141–44.

52) Yoshida, Hiromasa 吉田啓正. '21 seiki e kawaru suizokukan 21世紀へ変わる水族館.' *Contemporary Architecture* 近代建築. 54.9 (2000), p. 67.

and intensive urbanisation.

At least, this was one of the objectives of Sea World (San Diego, 1964), a theme park that had no small impact on other aquariums. As Susan G. Davis notes, it provides 'nature', which 'is a world beyond the human that is invented out of inevitably human meanings and desires, an escape from the limited, the routine, and the mundane'. The underwater worlds in this theme park 'can seem especially remote, deep, and endless, free of boundaries and limits. Such nature visions promise transcendence of the polluted and conflictual social world on land'.[53)]

Davis has thoroughly investigated Sea World, from its commercial strategies and exhibition techniques to its cultural and social background, all of which have led to the park's great success. She relates that Sea World was founded by a group of entrepreneurs, including Ed Ettinger, who had been a public relations director of Disneyland, and Kenneth Norris, a biologist and ex-curator of Marineland of the Pacific, and designed by Victor Gruen and Associates.[54)] The Polynesian-Japanese style architecture at Sea World helped convey the impression that visitors were in a 'faraway, antimodern, and fantastic'[55)] place, although this was later altered to a functional, contemporary design. Since the 1980s, Sea World has been enriched with new exhibitions like 'Penguin Encounter', 'Forbidden Reef' and 'Rocky Point Preserve'.[56)]

At this park, buildings have been designed to provide a sense of immersion. Visitors often walk from the upper to the lower level, which allows them, for instance, to watch orcas at Shamu Stadium from a seat at a high

53) Davis, Susan G. *Spectacular Nature: Corporate Culture and the Sea World Experience*. Berkeley: University of California Press, 1997, p.30.

54) Davis 1997, p.51–52.

55) Davis 1997, p.51.

56) Davis 1997, pp.70–71.

level, and then view them at eye level through acrylic panels (Fig. 11, 12).[57] The stadium's tank is so enormous that the scene within appears *boundless*. 'Here, no underwater scenery distracts us, and when viewed at eye level the orcas seem to float in space. [...] The illusion of endless depth connects to the notion of another world – this time, it is an entirely foreign but peaceful one, without human culture.'[58]

Moreover, visitors can interact with animals like the characters do in Verne's novel, to heighten the illusion of traveling through the sea. 'Over and over again, Sea World's managers told me, "We are interactive," "We're participatory," "We're touchable".'[59] The facility, as mentioned, is interactive, because it enables visitors to touch some animals like rays and sea stars in the touch pool or feed dolphins. 'Children hand smelts to dolphins and anticipate a splash in return. In a way, the splash is a form of contact across species boundaries, a kind of exchange, and children are delighted by it.'[60]

But the main attraction of the theme park is surely the performances of marine animals, especially of killer whales.[61] As mentioned above, at theatres, viewers do not act onstage, but they do participate in the spectacle. They are 'both observer and participant'. At the Sea World stadium, viewers of the orca show are a part of the spectacle, too. We are reminded here, as well, of the fights between animals and *venatores* (hunters) in the Roman Colosseum. Viewing these spectacles, audiences must have felt like they themselves were heroic hunters, and the victories of the hunters must also

57) Davis 1997, p.99.
58) Davis 1997, p.100.
59) Davis 1997, p.103.
60) Davis 1997, p.105.
61) The performance of large marine mammals like dolphins is, of course, not new. In the 1950s, Marine Studios had already succeeded in presenting 'the world's first "educated" porpoise' named Flippy. Hill 1956, p.181.

have seemed like their own.[62] Likewise, in the modern aquatic stadium, shaped like a coliseum, the performers interact vicariously with 'friendly' marine animals, accompanied by the telling of dramatic stories, so that the audience can feel as if they are also communicating with the animals. In this sense, the animal performance is also a type of 'interaction', and this might be why the orca or dolphin show has been adopted by other Western and Eastern countries and continues today, despite receiving persistent criticism.[63]

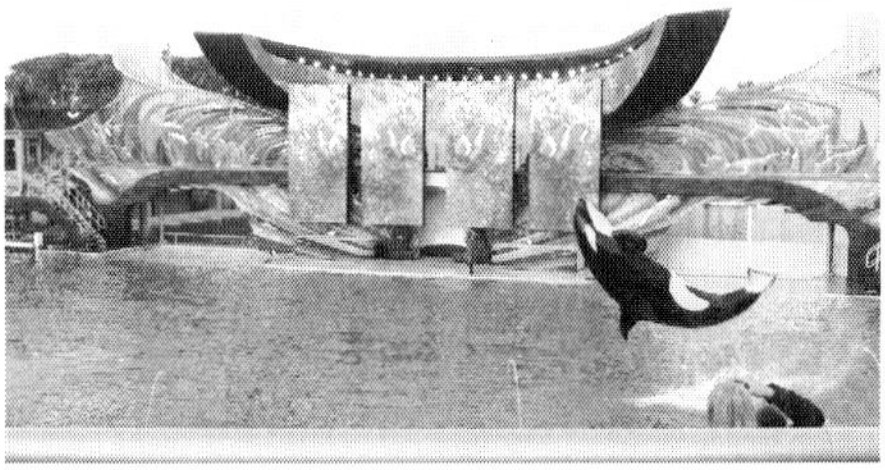

Fig. 11

Fig. 12

Fig. 11, 12 The orca stadium at Sea World San Diego
(Photographed by the author. March 2014)

62) Martini, Wolfram, Jochem Küppers, and Manfred Landfester. 'Römische Antike.' Dinzelbacher, Peter, ed. *Mensch und Tier in der Geschichte Europas*. Stuttgart: Alfred Kröner Verlag, 2000, p. 143.

63) In 2017, facing considerable criticism for orca show after the death of Dawn Brancheau, who was a SeaWorld trainer and killed by a killer whale called Tillikum,

3-4 Peter Chermayeff's Aquariums

Developments in exhibitions and technology have made it possible to build a new, ambitious type of public aquarium. Examples can be seen in the aquariums designed by Peter Chermayeff (1936-) and his associates.

Chermayeff is one of the architects who have innovated the design of aquariums. He contributed an article to *World Monitor* entitled 'The Age of Aquariums', which introduced aquariums that he had produced, ranging from the New England Aquarium (Boston, 1969) to the Genoa Aquarium (1992). This period from the late 1960s to the early 1990s could also be called the 'Age of Peter Chermayeff' (in the history of aquariums).

He is a son of the eminent architect Serge Chermayeff (1900-96). Serge descended from a family who settled in the Caucasus and he studied in Britain, but after the Bolshevik Revolution took a job as a ballroom dancer, and then turned to furnishing design and became a fellow of the Royal Institute of British Architects. During World War II, he decided to immigrate to the United States with his wife and sons, Ivan and Peter. Serge was invited to teach at Harvard University, where he taught 'Environmental Design', 'a socially holistic approach to design and he took the classroom as a microcosm of how real world design could be approached'.[64]

Serge's holistic and interdisciplinary approach, which united architecture and urban planning as well as landscape architecture, was inherited by his sons (in their works). Peter and Ivan Chermayeff, Louis Bakanowski, Paul

---

SeaWorld announced to stop the show and to replace it by an educational programme, the Orca Encounter. 'SeaWorld San Diego Hosts Final One Ocean Orca Show on Sunday.' *BBC newsbeat.* 8 January 2017. 12 February 2017 <http://www.bbc.co.uk/newsbeat/article/38547509/seaworld-san-diego-hosts-final-one-ocean-orca-show-on-sunday>.

64) Chan, Carson. 'The Chermayeff Century.' *032c.* 22. 2011/12. 16 July 2016 <http://032c.com/2014/the-chermayeff-century/>.

Dietrich, Alden Christie, Thomas Geismar and Terry Rankine, with 'diverse skills in architecture, planning, exhibit design, graphics, industrial design, and filmmaking'[65] succeeded in winning the commission to design the New England Aquarium. They founded Cambridge Seven Associates (C7A).[66]

The aquariums designed by Peter Chermayeff and his C7A colleagues have particular characteristics. They are multistorey buildings in which visitors walk from the lower/upper level to the upper/lower level (this vertical movement simulates floating and diving movement). Visitors move along a one-way path reading 'stories' presented by the aquarists.

These features can be easily observed in the New England Aquarium. Visitors walk from the lower to the higher levels through 'a three dimensional one-way visitor path' that surrounds a big cylindrical tank in the middle, viewing several exhibits with 'an alternating ABABAB rhythm of visitor experience: large/small, dark/light, open/enclosed, wet/dry, demanding/undemanding'.[67] The climax is the cylindrical 'Giant Ocean Tank' (Fig. 13), and visitors walk around it along the spiral passage from the higher to the lower level.

With this structure, Chermayeff has attempted to provide 'the emotional encounter, the visceral response to animals, seen from bridges, ramps, and balconies, within a coherent single dark space'.[68]

In planning the National Aquarium, Baltimore (1981), Chermayeff and his colleagues developed this structure. 'We made many of the exhibits larger, more dramatic, simulating natural habitats so that visitors can feel they are

---

65) *C7A*. C7A: Cambridge Seven Associates, Inc. 16 July 2016 <https://c7a.com/about>.
66) Chan 2011/12. 16 July 2016 <http://032c.com/2014/the-chermayeff-century/>.
67) *New England Aquarium, Boston, Mass 1962–1969–1994*. Peter Chermayeff LLC. 16 July 2016 <http://www.peterchermayeff.com>.
68) Chermayeff, Peter. 'The Age of Aquariums.' *World Monitor*. 5.8 (1992): p.54.

Fig. 13 The 'Giant Ocean Tank' at the New England Aquarium (Photographed by the author. September 2015)

entering alien realms among the animals.'[69] Visitors walk from the lower to the higher level looking at a variety of tanks and go to the terrestrial exhibition on level five, then move into the water world again along the spiral path installed in the roundabout, descending from the light, shallow water to the dark deep sea filled with sand tiger sharks (Fig. 14). *Floating, landing and diving movement* is clearly woven into the design.

Chermayeff's work is not limited to aquariums in the United States, however. He has participated in the building of the Kaiyukan Ring of Fire Aquarium in Osaka, Japan (1990). '[W]e went even further along a similar path', he remarked. He notes as follows,

> The primary difference was organizing the entire aquarium around a single subject – a tour of one natural system, the Pacific Ocean [...]. Plate tectonics and the volcanic perimeter of the ocean, known as the Ring of Fire, gave coherence to the sequence of exhibits. A biogeographical diagram of the Pacific became the building plan, from Japan at

69) Chermayeff 1992, p. 54.

Fig. 14 The Roundabout of the National Aquarium
(Photographed by the author. September 2015)

> the northwest to California at the northeast to New Zealand at the south-east, with the open Pacific Ocean in the center of it all. [...] The visitor is 'immersed' in aquatic habitats by means of a new technology using huge walls of clear acrylic.[70]

In the aquarium, visitors are brought to 'another world' through the 'Aqua Gate', a tunnel tank, and they go by escalator directly to the top level, which holds terrestrial exhibitions. Then they 'dive' into the ocean world from the higher to the lower level, watching the biogeographical exhibitions on one side and an enormous 'Pacific Ocean tank' on the other side (this tank is inhabited by whale sharks and extends through three stories, Fig. 15).

Following the Kaiyukan, the Tennessee Aquarium, which exhibits the ecosystem of inland water in the United States (Chattanooga, 1992);[71] the Genoa Aquarium (1992); and the Lisbon Oceanarium (1998) were built based on the design of Chermayeff and his colleagues.

70) Chermayeff 1992, p. 54.

71) *Tennessee Aquarium, Chattanooga, Tennessee 1988–1992.* Peter Chermayeff LLC. 16 July 2016 <http://www.peterchermayeff.com>.

Fig. 15 The 'Pacific Ocean tank' of the Kaiyukan
(Photographed by the author. July 2014)

In the construction of the Genoa Aquarium, C7A and International Design for the Environment Associates (IDEA), a company led by Chermayeff, developed the interior architecture and the exhibit design as well as life-support systems, while Renzo Piano planned its exterior shell building.[72)] Based on their concept, the aquarium, as a part of the Columbus 1992 World Exposition, had a cultural-biological exhibition presenting the 'discovery of the new world' by Christopher Columbus and comparing the 'two perceptions of nature – that of the Europeans represented by Columbus; and that of the Native Americans they found in the New World'.[73)]

The Lisbon Oceanarium, also built as a pavilion for Expo '98, has more features which are typical of other Chermayeff aquariums, as Chermayeff notes: 'Visitors enter via a two level ramped bridge to an upper level, where coastal ocean habitats of the Atlantic, Pacific, Southern and Indian Oceans are seen first above water [...]. Later, those same four ocean habitats are seen

72) *Genoa Aquarium, Genoa, Italy 1989–1992.* Peter Chermayeff LLC. 16 July 2016 <http://www.peterchermayeff.com>.
73) Chermayeff 1992, p. 54.

underwater.'[74]

It is worth mentioning here that Chermayeff's works are reminiscent of the Berliner Aquarium. First, the Berliner Aquarium and those in Baltimore, Osaka and Chattanooga have terrestrial as well as aquatic exhibitions and represent a whole ecological system; second, visitors' movements are not only horizontal but also vertical; and third, visitors walk along a one-way path, looking at land and sea areas as represented by their inhabitants. These similarities resulted from the endeavour to translate the diving experience into architecture, while new technology enabled post-war architects to create exhibitions on a large scale and at the same time, grotto decoration became less important.

Continual renovations have made Chermayeff's or C7A's aquariums, which are still pre-eminent in submerging visitors into the water (world). For example, C7A (Chermayeff left the company in 1998) renovated the 'Giant Ocean Tank' at the New England Aquarium by constructing a dome over the tank in the place of the luminaires that had been installed directly above the water's surface (they were now embedded in the ceiling instead, Fig. 16). This transformation has enabled people to watch the fish comfortably from above. Furthermore, colour temperature of LEDs shift constantly like sunlight streaming through the tank, and the effect of passing clouds was also added.[75]

---

74) *Lisbon Oceanarium, Lisbon, Portugal 1994–1998.* Peter Chermayeff LLC. 16 July 2016 <http://www.peterchermayeff.com>.

75) Dickinson, Elizabeth Evitts. 'Deep Dive at Two Aquariums by Cambridge Seven Associates.' *Architectural Lighting.* 14 April 2014. 16 July 2016 <http://www.archlighting.com/projects/deep-dive-at-two-aquariums-by-cambridge-seven-associates_o>.

Fig. 16 The Dome above the 'Giant Ocean Tank'
(Photographed by the author. September 2015)

3-5 The Monterey Bay Aquarium and the *Suikai* Theory of Hajime Nakamura

Of course, Chermayeff's aquariums are not the only ones that provide a way of inviting people into oceans that are on display without getting wet. For instance, the Monterey Bay Aquarium (1984) enjoys great renown for its 28-feet-deep 'Kelp Forest' exhibition. Its producers tried to 'exhibit all of the environments and microhabitats of Monterey Bay, from a living kelp forest all the way down to the meiofauna, those almost microscopic organisms living among the grains of sand'.[76)]

This idea derived from the investigations of people who have researched marine fauna and flora. One of them, Julie Packard, is a daughter of David Packard, the chairman and co-founder of Hewlett Packard Corporation, and

76) Powell, David C. *A Fascination for Fish: Adventures of an Underwater Pioneer*. Berkeley: University of California Press, 2001, p. 185. Unlike the Chermayeff aquariums, this aquarium has a more random and freer structure, which ensures that each visitor can create his or her own experience. Taylor 1993, p. 23.

he provided substantial financing of the plan. At the Packards' request, David C. Powell joined the project because he had abundant experience in designing aquariums. Charles 'Chuck' Davis, of the firm Escherick, Homsey, Dodge, and Davis (EHDD), was in charge of its architecture.[77)]

The process of 'nature faking'[78)] was so exhaustive that the creators made artificial rocks, submerged them in the sea and let plants or animals grow on and cover them.[79)] The goal of such an endeavour is 'to create for the aquarium visitor the exhilarating feeling experienced by a scuba diver "flying" weightlessly and freely through a forest of gently swaying golden kelp plants'.[80)] Their aim was accomplished successfully. Visitors have been convinced that they are watching real underwater scenes through windows facing the sea,[81)] and the aquarist Itaru Uchida has the impression that '[t]he viewer has felt as if he were standing on the bottom of the sea and felt seasick after gazing [at the scene] for a long time'.[82)]

Such a feeling can be described with the term *suikai*, which was proposed by aquarium producer Hajime Nakamura (1956–). This is a compound word that comes from *sui* (水), meaning water, and *kai* (塊), meaning mass. Nakamura says, '"suikai" is the sense of being-in-the-water that is produced through tanks'. *Suikai* encompasses the experience of 'depth, weightlessness, coolness, dynamics etc. of the sea as if we are enjoying diving'.[83)]

---

77) Powell 2001, pp. 184–88.
78) Powell 2001, p. 198.
79) Powell 2001, pp. 200–01.
80) Powell 2001, p. 192.
81) Taylor 1993, p. 27.
82) Uchida, Itaru 内田至. 'Iruka no show to sakana no kyokugei wo yaranakatta saishin no suizokukan イルカのショウと魚の曲芸をやらなかった最新の水族館.' *Hakubutsukan kenkyu* 博物館研究. 20.9 (1985): p. 2.
83) Nakamura, Hajime 中村元. 'Suizokukan jigyo no tenbo: Suizokukan no "Mass

According to Nakamura's theory, tanks do not have to be huge to convey a *suikai* feeling. For example, skilfully installed tanks with floating jellies can also provide such a feeling. The tank 'Sunshine Lagoon' at the Sunshine Aquarium, which was renovated in 2011, is not enormous but provides visitors with a *suikai* feeling thanks to the rocks, which make the seascape seemingly unlimited through concealing corners, and the lighting, which illuminates in the front but is dimmer at the back of the tank (Fig. 17).[84)]

Fig. 17 The 'Sunshine Lagoon' at the Sunshine Aquarium (Photographed by the author. March 2015)

Nakamura emphasizes the importance of *suikai*, referencing the age distribution of zoo and aquarium visitors in Japan. While the ratio of adults to children at zoos is 3:7, that at aquariums is 8:2. Moreover, after reviewing surveys which were conducted on the behaviour of visitors, he concluded that adults tend to come to aquariums not to be educated but just to gaze blankly

Culture-ka" jidai ni okeru shukyaku 水族館事業の展望 — 水族館の "マスカルチャー化" 時代における集客.' *Leisure sangyo* レジャー産業. 45.10 (2012): pp.59–60.

84) Nakamura, Hajime. *Joshiki hazure no zokyakujutsu* 常識外れの増客術. Tokyo: Kodansha 講談社, pp.88–89.

into the water. 'What adults see is not animals but the underwater world itself.'[85] They 'derive comfort from experiencing the aquatic, uncommon space and are healed [of stresses]'.[86] Now the question is, are they watching the water or the fish? According to Nakamura, fish are important because they are clues for feeling the 'ocean world'. 'Just like the height of the sky can be felt by a wisp of cloud, the depth of the sea is felt by swimming animals.'[87]

In the post-war period, the immersive exhibition became more widespread thanks to the intercultural exchange of techniques among the United States, European countries and Japan. It is still a combination of architecture, lighting, artificial decoration and aquatic life like the exhibitions of the 19th century and requires 'the willing suspension of the visitor's disbelief',[88] because frames, reinforcements and walls continue to block the view of the seascape even though their size has been dramatically reduced thanks to new materials now available. The aquarium in the near future, however, might be able to overcome such difficulties by applying VR technology.

4 Virtual Reality and the Aquarium

4-1 The Development of Virtual Reality Technology

It is not always easy to try to predict how exhibitions at public aquariums might be presented in the future. What seems obvious is, however, that the trend of introducing VR technology to aquariums will be accelerated in the coming decade.

---

85) Nakamura 2012, p. 59.

86) Nakamura, Hajime. 'Kawaki wo iyasu suizokukan 渇きを癒す水族館.' *Mizu no bunka* 水の文化. 44 (2013): p. 17.

87) Nakamura 2013, p. 17.

88) Taylor 1993, p. 29.

VR technology can provide us with an artificial three-dimensional environment. We can also step into and interact with it. The term 'virtual reality' is interchangeable with 'Virtual Environments', 'Synthetic Experience', 'Virtual Worlds', 'Artificial Worlds' or 'Artificial Reality'.[89] Tomasz Mazuryk and Michael Gervautz have provided some definitions of it from scholars: 'Real-time interactive graphics with three-dimensional models, combined with a display technology that gives the user the immersion in the model world and direct manipulation' (Henry Fuchs et al. 1992); 'VR is an immersive, multi-sensory experience' (Michael Gigante 1993); 'Virtual reality refers to immersive, interactive, multi-sensory, viewer-centered, three-dimensional computer generated environments' (Caroline Cruz-Neira 1993).[90] In short, the experience of VR must be *immersive* and *interactive*.

Although the term 'virtual reality' was coined by VPL company in 1989, the technology to create an artificial world had already been developed by that year. VR developers prefer to assign its origin so far to the cave paintings of Lascaux. The cave was presumably used as a place to carry out rites, and the objective of animal paintings might be to lead people out of this world and into another world. The above-mentioned panoramas created in the 18th and 19th centuries are also considered as the predecessors of VR, but the Sensorama (1960–62), a 'multi-sensory' simulator invented by Morton Heilig, had a more direct impact.[91] The viewer of a stereophonic film could also hear sounds, smell scents and feel the wind as well as vibrations at the proper

89) Mazuryk, Tomasz, and Michael Gervautz. *Virtual Reality: History, Applications, Technology and Future*. Institute of Computer Graphics. Vienna University of Technology, 1996, p.3.

90) Mazuryk 1996, p.4.

91) Ogi, Tetsuro 小木哲朗. 'VR no rekishi VRの歴史.' Tachi, Susumu 舘暲, Makoto Sato 佐藤誠, and Michitaka Hirose 廣瀬通孝. ed. *Virtual Reality gaku* バーチャルリアリティ学. Tokyo: coronasha コロナ社, 2016, pp.16–19.

time, and '[t]his was the first approach to create a virtual reality system and it had all the features of such an environment, but it was not interactive'.[92]

In 1965, Ivan Sutherland conceptualised the 'ultimate display', which made it possible to see, touch, hear, smell and taste in the three-dimensional space presented by a computer, and also later invented the head-mounted display (HMD, 1968–70). With this headset, viewers can see the virtual world surrounding them by turning the head.[93] In the field of art, Myron Krueger succeeded in creating *Metaplay* (1969). The spectator for this work was filmed, projected on a screen and could 'touch' the objects on it.[94]

In the following decades, technology developed further and people could more easily visit a virtual world at theme parks. After 1990, it was possible for them to interact with virtual objects. Namco Corporation devised an attraction combining the amusement ride, the large screen and the shooting game. *Scramble Training* (スクランブル・トレーニング, 1993), developed by special effects supervisor Douglas Trumbull and the company Sega, also enabled the rider to fire missiles in an artificial space world.[95]

Such VR technology is appropriate for providing a realistic diving experience, too. Artdink Corporation attempted to bring the 'ocean' to home with a PlayStation game called *Aquanaut's Holiday* (*Aquanaut no kyujitsu* アクアノートの休日. 1995, Fig. 18) and its sequels (1996, 1999, 2008). They conceptualised the adventure in the form of a three-dimensional aquatic world and interaction with marine animals, although they belong to the so-called desktop VR, 'the simplest type of virtual reality applications. It [desktop VR]

---

92) Mazuryk 1996, p. 2.

93) Mazuryk 1996, p. 2, Tachi, Susumu. *Virtual Reality nyumon* バーチャルリアリティ入門. Tokyo: Chikumashobo 筑摩書房, 2002, pp. 42–44.

94) Ogi 2016, p, 19.

95) Takeda, Hironao 武田博直. 'Entertainment エンタテインメント.' Tachi 2016, pp. 270–71.

Fig. 18 *Aquanaut's Holiday* (Amazon Japan. 26 July 2016 <https://www.amazon.co.jp/dp/B000069UD2/ref=pd_lpo_sbs_dp_ss_2?pf_rd_p=187205609&pf_rd_s=lpo-top-stripe&pf_rd_t=201&pf_rd_i=B000069UDL&pf_rd_m=AN1VRQENFRJN5&pf_rd_r=0STQHV5S85EC008R54QD\>)

uses a conventional monitor to display the image (generally monoscopic) of the world'.[96] But *Ocean Descent* (2016), a game developed by London Studio for the commercial HMD PlayStation VR, features the diving experience again and is more immersive: the player can see in all directions in the virtual sea and fear the attack of a great white shark.[97]

4-2 Practices Used by VR Developers and Aquarists for Reconstructing the 'Artificial Ocean'

It is interesting that VR technology has developed since the 1960s, the period when the post-war aquarium began to flourish. The intentions of VR developers (including ride and game producers) and aquarium designers show some similarities, too. They have attempted to construct 'other worlds' in

96) Mazuryk 1996, p.5.

97) *PlayStation VR Worlds*. Sony Interactive Entertainment LLC. 2016. 1 August 2016 <https://www.playstation.com/en-ca/games/playstation-vr-worlds-ps4/>.

urban settings, and the experiences in these worlds aim at being both *immersive* and *interactive*. People, including the author, have 'visited' oceans displayed in aquariums or on television screens.

Moreover, VR developers and aquarists have sought to *abstract* the elements of the real world to provide a 'realistic' experience. What we call the 'world' is one constructed from information gathered through the sensory organs from the real world.[98] Based on this assumption, Susumu Tachi ensures us that the task of VR researchers is to abstract the most essential elements from the real world and provide them to people.[99] If this is done successfully, one will feel the reconstructed world is 'almost real'. In short, when VR users can see the seascape, feel the current and the pressure of the water, hear sounds and interact with virtual marine animals (with the help of devises), they will feel that the virtual ocean is 'almost real'.

Meanwhile, Leighton Taylor writes about aquarists' practices: 'When we build an exhibit, we abstract a piece of nature. We literally "pull it away" from the wild world. Some parts of a natural ecosystem, usually animals, are removed and installed in the aquarium while other parts, usually plants, rocks or coral skeletons, are replicated'. But '[m]ajor elements, by necessity, are left out'.[100] Nakamura has also tried to abstract the '*suikai* feeling' from real experience and display it. Exhibiting the 'typical behaviours' of animals, like the hunting of archerfish, is a kind of abstraction, too. And if all these attempts can be combined well enough, the reconstructed world will seem 'almost real'.

Of course, compared to the digital approach of VR developers, catching

98) Tachi 2002, pp.68–69.

99) Tachi 2002, p.22.

100) Taylor, Leighton. 'The Status of North American Public Aquariums at the End of the Century.' *International Zoo Yearbook*. 34.1 (1995): p.21.

and displaying fish with artificial materials sounds very analogue (if we pay less attention to the fact that today's aquariums are designed with the help of computer-aided design). But the association of both technologies might enable the 'total immersive exhibition' to be created in the near future.

4-3 VR Technology Applied to Aquariums

The Tennessee Aquarium, for instance, has decided to use technology for their educational purposes. With a system developed by Tennessee Technological University and which uses the Oculus Rift VR headset, one can 'dive' into the virtual Conasauga River, watch fish and also learn about environmental problems.[101)]

Augmented reality (AR) technology also helps in the evolution of aquariums. AR 'allows the user to see the real world, with virtual objects superimposed upon or composited with the real world'.[102)] You are using AR if you find Pokémon, a virtual character, in the real world through a camera on a smartphone.

The Sea Life London Aquarium has begun presenting the exhibition 'Frozen Planet' (2016), which applies AR technology.[103)] The visitor is filmed and projected onto a screen where he or she can 'encounter' polar bears and orcas.

Other aquariums have adopted projection mapping, one of the spatial augmented reality techniques that changes 'the look of the physical environ-

---

101) Phillips, Casey. 'Tennessee Aquarium to Use New Virtual Reality Gear to Promote Virtual River Conservation.' *Times Free Press*. 26 April 2015. 19 July 2016 <http://www.timesfreepress.com/news/life/entertainment/story/2015/apr/26/making-virtual-reality-through-looking-glassw/300484/>.

102) Azuma, Ronald T. 'A Survey of Augmented Reality.' *Presence: Teleoperators and Virtual Environments*. 6.4 (1997), p.2.

103) *Frozen Planet: Face to Face*. Sea Life London Aquarium. 27 July 2016 <https://www2.visitsealife.com/london/discover/frozen-planet-face-to-face/>.

ment with projected light'.[104] Now, the appearance of opaque reinforcements and walls in the aquarium can be made to resemble water. In the near future, visitors may wander through the oceanic scenes without breaks, similar to what panoramas displayed in the 18th and 19th centuries.

In 2014, the Enoshima Aquarium added projection mapping to its exhibition 'for the first time in the world'.[105] One show, *The Space of Jellyfish* (海月の宇宙), presents a virtual diving experience, which constantly changes the appearance of the wall and is accompanied by a story (Fig. 19). In the following year, the Yokohama Hakkeijima Sea Paradise adopted the 'kaleido screen' for its projection-mapping show. The screen, developed by JX Nippon Oil & Energy Corporation, is transparent but also reflects projected virtual images thanks to nanotechnology, and it can be pasted on acrylic panels.[106] Thus, the viewer of the projection mapping show can enjoy the spectacle of

Fig. 19 *The Space of Jellyfish* at the Enoshima Aquarium (Photographed by the author. March 2015)

104) Benko, Hrvoje, Andrew D. Wilson, and Federico Zannier. 'Dyadic Projected Spatial Augmented Reality.' *Proceedings of the 27th annual ACM symposium on User interface software and technology (UIST '14).* (2014): p. 1.

105) *Kurage no sora* 海月の宇宙. Enoshima Aquarium. 19 July 2016 <http://www.enosui.com/show_kurage.php>.

106) *News Release* ニュースリリース. JX Nippon Oil & Energy Corporation. 6 November

virtual fish overlapping with real ones.

4-4 The Advent of the 'Virtual Aquarium'

VR technology can also have rivals like the 'virtual aquarium', however. In 2015, Tony Christopher, the CEO of Landmark Entertainment Group, announced a project to build the L. I. V. E. Center (Landmark Interactive Virtual Experience) in China. This amusement park will also include a virtual zoo and aquarium. Christopher told *Mashable* (the digital media website) that 'PETA [People for the Ethical Treatment of Animals] saw an early presentation of the virtual zoo and they loved it [...] I believe that it isn't politically correct to have animals in a zoo'.[107] Wearing an HMD, visitors will watch virtual animals. Matt McFarland of the *Washington Post* says, 'He [Christopher] imagines guests pressing a button to see the animal of their choice swim by, even if it's extinct. The virtual-reality element will allow for other experiences you wouldn't get at a traditional aquarium. "Clap your hands, all the fish turn to skeletons – that kind of stuff" [...]'[108]

The attempt to exhibit virtual animals may be countered by the assertion that virtual animals cannot replace real ones (of the same quality). More than 15 years ago, the previously mentioned Yoshida wrote that the 'heart of the animal exhibition' is the various responses of lives that are not controlled in any way by computers.[109] But traditional aquariums will probably not always

---

2015. 19 July 2016
<http://www.noe.jx-group.co.jp/newsrelease/2015/20151106_01_02_1040054.html>.

107) Strange, Adario. 'Virtual Reality Amusement Park in China Will Include a Virtual Zoo.' *MashableUK*. 11 June 2015. 19 July 2016
<http://mashable.com/2015/06/10/virtual-reality-amusement-park/#xE.nfP2W1gq9>.

108) McFarland Matt. 'A Company Bets Its Future on Virtual-Reality Aquariums in China.' *Washington Post*. 9 June 2015. 19 July 2016 <https://www.washingtonpost.com/news/innovations/wp/2015/06/09/a-company-bets-its-future-on-virtual-reality-aquariums-in-china/>.

109) Yoshida 2000, p. 70.

prevail over the virtual aquarium with 'something like fish'. What will happen if VR technology succeeds in abstracting the 'essential elements' of animals and reconstructing them? If the virtual fish always performs the 'typical' and 'interesting' behaviours, it can present 'an emotional reality'. Moreover, virtual animals might interact with human beings in a 'friendlier' or 'fiercer' way, matching the expectations of visitors – we must just remind ourselves of Burden's 'komodo film'.

Conclusion

Since early times, not a few public aquarium designers have tried to provide the experience of entering the world of water, a totally different world. They have created a sense of immersion by combining architecture; the technologies of lighting, projection and panorama; and natural elements like animals, stalactites and a picturesque land- or seascape (Fingal's Cave, for example).

The development of immersive exhibitions just prior to and after World War II suggests that the ideas of earlier aquariums survived, or more precisely, were interwoven with new ideas, technology and exhibitions. Travel through several seas and several depths, as proposed by Verne's novel and which also materialised at earlier aquariums, has still been adopted by some designers/producers of post-war aquariums.

At the same time, aquariums, including aquatic theme parks like Sea World, have tried to respond to the demands of the public to escape from a conflictive and polluted urban life. Whether pursuing profit or not, they present visitors with the opportunity to 'interact' with animals and gaze at 'another world' without being disturbed by other human beings. They provide an 'emotional reality' composed of 'the elements of a story in latent form

within the real' that match the expectations of visitors, while disillusioning scenes are carefully 'cut'. Or, if we borrow Taylor's terms, aquarium producers have 'abstracted' elements from the real world to recreate an ideal one.

VR/AR technology may be used more generally in the future to deepen people's knowledge of animals as well as heighten the illusion by changing the appearance of reinforcements and walls into the water. In the near future, the visitor might be fascinated by a panoramic view of a seascape filled with both real and virtual fish. There might seemingly be no boundaries: between glass panels and walls; between artificial and natural elements; between human beings and animals. Meanwhile, the virtual aquarium is likely to have no small impact on traditional aquariums by challenging the way in which animals are kept in captivity.

A variety of immersive exhibitions with more or less virtual contents will likely be introduced one after another. The beginning of the 21st century is still a period of trial and error in terms of aquatic exhibitions, and it is hard to tell what kind of exhibition will gain popularity for a long period. But what people will continue to expect is clear: that they can dive into oceans on display without getting soaked.

This article is the revised version of 'The Exhibition of Oceans: A History of the "Immersive Exhibition" at Public Aquariums from the 19th to the 21st Century.' Kansai University Studies in Literature 関西大学文学論集. 66.3 (2016) 79-122.

【執筆者紹介】（執筆順）

山本登朗	関西大学　名誉教授
関屋俊彦	関西大学　名誉教授
長谷部　剛	関西大学　文学部教授
関　肇	関西大学　文学部教授
増田周子	関西大学　文学部教授
大島　薫	関西大学　文学部教授
髙橋美帆	関西大学　文学部教授
溝井裕一	関西大学　文学部教授

関西大学東西学術研究所研究叢書　第９号

日本古典文化の形成と受容

令和２（2020）年３月25日　発行

編著者　長谷部　剛

発行者　関西大学東西学術研究所
〒564-8680　大阪府吹田市山手町3-3-35

発行所　株式会社　ユニウス
〒532-0012　大阪府大阪市淀川区木川東4-17-31

印刷所　株式会社　遊文舎
〒532-0012　大阪府大阪市淀川区木川東4-17-31

©2020 Tsuyoshi HASEBE　Printed in Japan

ISBN978-4-946421-75-4 C3090

落丁・乱丁はお取替えいたします。

The formation and reception of a culture of Japanese classics

Contents